Wendelin Foerster, Chrétien de Troyes

Kristian von Troyes, Yvain (Der Löwenritter)

Wendelin Foerster, Chrétien de Troyes

Kristian von Troyes, Yvain (Der Löwenritter)

ISBN/EAN: 9783337177645

Hergestellt in Europa, USA, Kanada, Australien, Japan

Cover: Foto ©Andreas Hilbeck / pixelio.de

Weitere Bücher finden Sie auf **www.hansebooks.com**

ROMANISCHE BIBLIOTHEK

HERAUSGEGEBEN

VON

Dᴿ· WENDELIN FOERSTER,

PROFESSOR DER ROMANISCHEN PHILOLOGIE AN DER UNIVERSITÄT BONN.

——— —— ···

V.

KRISTIAN VON TROYES, YVAIN.

—— ··· ——— ···

HALLE A. S.,

VERLAG VON MAX NIEMEYER.

1891.

KRISTIAN VON TROYES

YVAIN

(DER LÖWENRITTER).

NEUE VERBESSERTE
TEXTAUSGABE MIT EINLEITUNG UND GLOSSAR

HERAUSGEGEBEN

VON

W. FOERSTER.

HALLE a. S.,

VERLAG VON MAX NIEMEYER.

1891.

Einleitung.

. . . C'est celo qui prist
Celui qui son soignor ocist!
Yvain 1809. 10.

Ein gütiges Geschick hat uns eine ganze Reihe von
Werken des feinsten und hervorragendsten Meisters des
höfischen Epos in Nordfrankreich, der in der 2. Hälfte
des XII. Jahrhunderts lebte, erhalten, die sich mit einiger
Wahrscheinlichkeit also einreihen lassen: (Ovidiana und
Tristan, alles [1]) verloren), Erec, Cligés, Lancelot, Yvain und
Perceval. Dabei mufs der Karrenroman dem Yvain knapp
vorgegangen sein; denn nur so läfst sich die geschickte
Art, mit welcher Kristian von Troyes im Yvain seinen
Lancelot citirt (vgl. bes. 4740 ff.), erklären, indem näm-
lich der letztere damals in aller Leute Mund gewesen
sein mufs. Ein sechstes Werk ist noch erhalten, das Wil-
helmsleben, das wahrscheinlich um den Erec herum zu
setzen sein dürfte — sicheres kann dafür nicht beigebracht
werden. Darüber, dann über die Lebensverhältnisse des
Dichters u. ä. sehe man die Einleitungen zu meinen
grofsen Ausgaben Kristians [2]) und dann die Einleitung
zu der kleinen Cligésausgabe [3]) ein. Was insbesondere
unser Gedicht anbelangt, so mufs es zwischen 1164 und
1173 verfafst worden sein. Es ergiebt sich dies daraus,

1) bis auf die Philomela.
2) Christian von Troyes, sämtliche erhaltene Werke. Nach
allen bekannten Handschriften herausgegeben, I. Band. Halle
(Max Niemeyer) 1884.
3) Romanische Bibliothek herausgegeben von W. Foerster,
I. Band: Cligés, Text mit Einl. und Glossar. Halle, ebenda, 1888.

dafs die im Yvain gebrauchte sprichwörtliche Redensart
aprés mangier .. chascuns veit Noradin tuër nur Sinn haben
dürfte, so lange Nuraddin (1146 — 1173) lebt. Da nun
der Karrenritter knapp vor dem Yvain (vgl. die Anspielungen
auf ersteren 3706 — 3713 und 4740 — 4745) und zwar
auf Veranlassung der Gräfin von Champagne (Marie), welche
den Grafen von Champagne im Jahre 1164 geheiratet hat,
geschrieben ist, so mufs der Yvain zwischen 1164 und
1173 verfafst sein.

Der Yvain oder der Löwenritter — dies ist der
eigentliche vom Dichter selbst dem Gedicht gegebene Name,
vgl. 6814: Del CHEVALIER AU LION fine Crestiiens
son romanz — ist in acht vollständigen und einer neunten
nur bruchstückweise erhaltenen Handschrift auf uns ge-
kommen. Es sind dies folgende Handschriften A) in Paris
(Nationalbibliothek) 1. 1433 (P), 2. 794 (H), 3. 1450 (F),
4. 12560 (G), 5. 12603 (S), 6. 1638 (L), B) 7. in Rom
(Vatikanische Bibliothek) 1725 Christine (V), C) 8. in
Paris (Akademie), Zahl unbekannt (Handschrift des Her-
zogs von Aumale, früher in Twickenham, später in Chantilly),
sowie das Bruchstück (Z. 1531 — 2158 und 2463 — 3712)
in Montpellier (medizinische Fakultät) 252 (M).

Diese Handschriften zerfallen in zwei verschiedene
Gruppen; auf der einen Seite steht V allein, das Ergebnis
einer selbständigen kritischen Durcharbeitung unseres Tex-
tes, die aufser auf die Wortfassung besonders auf das
Streichen von jedem irgend überflüssigen Vers ausgeht;
diesem gegenüber steht die ganze Reihe von Handschrif-
ten[1]), von denen P H (β), F G (γ), A S M (δ) zusammengehören,
so dafs der zuerst genannte jeder dieser drei Gruppen den
bessern Text hat. Die beste Handschrift ist P, während
H aus einer ähnlichen ebenso vorzüglichen Vorlage stammt,
aber in eben nicht sehr geschickter Weise stark umge-
ändert ist. Daran ist nicht der durch andere vorzüglich
genaue Abschriften bekannte Schreiber Guiot schuld, son-

---

[1]) Auf diese Gruppe gehen auch sämtliche fremdsprachliche
Bearbeitungen unseres Textes zurück.

dern seine Vorlage, die bereits in diesem schlechten Zu-
stande gewesen sein mufs. Unser Text ist also auf der
zweiten Gruppe aufgebaut und zwar diesmal so, dafs die
paar Stellen, wo meine grofse Ausgabe V gegen die übrigen
Handschriften gefolgt war, nunmehr ebenfalls nach der
zweiten, bessern Gruppe gegeben werden. Die Unifor-
mirung meiner grofsen Ausgabe erlitt auch weiter keine
Umänderung mehr — so wenig sie mich befriedigt und
so anfechtbar sie in einigen wenigen Punkten sein mag:
genug, sie ist das einzige, was mit den jetzigen Mitteln
zu erreichen ist und die gesamte Kritik hat dieselbe bei-
fällig aufgenommen. Gibt sie doch wenigstens nie Phan-
tasieschreibung; sie beruht auf der Schreibung des peinlich
genauen,[1]) seiner Mundart nach unserem Dichter sehr nahe
stehenden H, welche ferner durch eine genaue Vergleichung
aller Kristianischen Reime und der gesamten gedruckten
Urkunden der Champagne geregelt ist. Eine Darstellung
dieser Mundart, sowie die ganze einschlägige Untersuchung
findet man in der Einleitung zu meiner grofsen Cligés-
ausgabe; ein in einigen Einzelheiten verbesserter Auszug
steht S. XVII—XX der kleinen Ausgabe desselben Textes.
Dazu wären noch einige Kleinigkeiten nachzutragen S. XIX
Z. 7 v. u. nur (statt nie), S. XX Z. 10 v. o. *vet* (*vadit*)
steht auch Erec 1425. 3442, Karrenroman 4158, ist
also mit *va* gleichberechtigt.

Grofs war der Erfolg, den der Dichter mit seinem
Meisterwerk errungen hat. Bekannt ist, wie er von den
Zeitgenossen und Nachfolgern stets als unerreichbares
Muster gepriesen wurde. Eine andere Art der Aner-
kennung finden wir darin, dafs wir viele Anspielungen
und noch mehr Entlehnungen und Nachahmungen des-
selben nachweisen können. Zu dem in der grofsen Yvain-
ausgabe S. XV u. f. beigebrachten ist ganz besonders Rigo-
mer hinzuzufügen, der fast alle Hauptepisoden Yvains
nachahmt und endlich (dies fand schon Holland, Crestien

---

1) Vgl. die als Anhang abgedruckte Nachkollation dieser
Handschrift S. XXI f.

S. 162) Gille de Chin, worin besonders das Abenteuer
mit dem Löwen und der Schlange (S. 20. 129 u. ff.),
wozu wörtliche Entlehnungen kommen, hervorzuheben ist.
Auch die späten Prosaromane enthalten manchen Zug,
vgl. z. B. Lunete auf dem Scheiterhaufen R. de la Table
Ronde V, 180 f., die ganze Komödie Laudinens mit ihren
Vasallen wegen der Heiratszustimmung ib. III, 355. 6,
das Verschmähen der Hand eines schönen Fräuleins III,
373., das verschwenderische Umgehen mit der Salbe IV,
70 u. a. Sehr auffällig ist freilich, dafs ib. IV, 272
Lionel einen Löwen tötet und dessen Haut Yvain schenkt:
also eine ganz abweichende Erklärung des Namens Löwen-
ritter. Es ist nicht unmöglich, dafs Kristian die Androklus-
episodenerklärung selbstständig an die Stelle einer andern
älteren, die eben jener Prosaroman enthalten hätte, (vgl.
meine Bemerkung über das Verhältnis zwischen Artusgedich-
ten und Prosaromanen im Erec S. XXXVII ff.) gesetzt hat.

Der Löwenritter machte nicht blofs in Frankreich
grofses Aufsehen. Er wurde um 1200 (jedenfalls vor
1204) ins Deutsche übersetzt von Hartmann von Aue,
der bereits den Erec desselben Kristian bei seinen Lands-
leuten eingeführt hatte. Auffällig, dafs die Art und Weise,
wie der mittelhochdeutsche Bearbeiter seiner Vorlage gegen-
über steht, in diesen beiden Gedichten jedesmal grund-
verschieden ist: der grofsen Treue im Yvain steht merk-
würdiger Weise eine ebenso grofse Selbständigkeit im Erec
gegenüber. Vgl. darüber meine Bemerkung S. XVII f.
der grofsen Erecausgabe.[1]

Etwa hundert Jahre jünger ist die nordische Prosa-
bearbeitung (herausgegeben von E. Kölbing in Riddarasögur
1872), auf der ein schwedisches und dänisches Gedicht be-
ruhen.

Dem XIV. Jahrhundert gehört ferner eine kymrische
Prosabearbeitung, die man früher irriger Weise als Um-
arbeitung eines verlorenen anglonormannischen Gedichtes,

---

1) Christian von Troyes, Sämtliche erhaltene Werke III.
Erec und Enide. Halle, Max Niemeyer. 1890.

das die gemeinsame Quelle des Kymren und Kristians
von Troyes hätte sein sollen, angesehen hat; sie hat unser
französisches Gedicht zur alleinigen Grundlage, wie ich
S. XIX fg. meiner grofsen Yvainsausgabe nachgewiesen
habe, stimmt also hierin genau mit dem Verhältnis zwischen
Geraint und Erec (s. meinen grofsen Yvain S. XXIV, im
einzelnen nachgewiesen von Karl Othmer in der Bonner
Dissertation 1889, vgl. meinen Erec S. XXVI f. und
G. Paris Rom. XIX, 157. XX, 152 f.) und jenem zwischen
Peredur und Perceval (s. grofse Yvainausgabe S. XXVIII,
im einzelnen nachgewiesen von Wolfgang Golther in Sitzungs-
berichte der k. bayr. Akademie 1890 II, 174—217.), wenn
auch in den Peredur einige fremde (kymrische) Züge ein-
verleibt worden sind. Über eine irische Fassung s. H. Zim-
mer in G. G. A. 1890 S. 510.

Dasselbe ist der Fall mit dem mittelenglischen Ge-
dicht Yvain und Gawain, herausgegeben von Gustav Schleich,
Oppeln 1887. Vgl. noch seine Vergleichung dieses Ge-
dichtes mit dem altfranzösischen Original in dem Berliner
Programm „über das Verhältnis der mittelenglischen Ro-
manze Yvain und Gavain zu ihrer altfranzösischen Quelle"
(1889), die meine Zuweisung desselben zur zweiten Hand-
schriftenfamilie bestätigt.

Der Yvain ist als der Höhepunkt der französischen
Hofepik zu betrachten: die Vorzüge dieser Gedichtgattung,
ganz besonders seine psychologische Schilderung, wie sie
sich in ihm finden, sind nie wieder von einem andern er-
reicht, geschweige denn übertroffen worden; ihre Schwächen,
das lockere, nicht ganz feste Gefüge in Bezug auf die
Verbindung der einzelnen Abenteuer, bestehen auch in ihm,
aber nur in einem geringen Grade, und selbst ein aufmerk-
samer Leser wird, fortgerissen von der geschickten Ein-
leitung, der scharfsinnigen Weise, wie der Dichter den
Helden zu seiner künftigen Frau gelangen läfst, von der
Motivirung des Bruchs und der endlichen Lösung —
dessen kaum gewahr, dafs die letzten Abenteuer Yvains
in keinem logischen Zusammenhang zur Erzählung stehen
und wohl nur deshalb — aber doch sehr geschickt und

mannigfaltig — wiederholt werden, um dem Gedicht die damals übliche Länge zu geben.

Was ist nun der Grundgedanke des ganzen Gedichts? Hierauf ist zu antworten, daſs hier deren zwei sehr geschickt verbunden sind, wiewohl sie von Haus aus einander fremd, ja selbst widersprechend sind. Erstens in der vorderen Hälfte der ewig alte und stets variirte Satz: *Mutabile semper femina* — dem gegenüber die Zähigkeit und Festigkeit der lauteren Liebe, die wohl einen Augenblick vergessen kann, aber doch stets zum Durchbruch kommt und keine Schwierigkeit, selbst den Tod, nicht scheut, um die Schuld zu sühnen und den Gegenstand der Liebe zu versöhnen.

Während nun der zweite Gedanke, die Beständigkeit der rechten Liebe, an dem Helden gezeigt wird, wird mit meisterhaftem Geschick gerade dessen Geliebte dazu auserwählt, um an ihr den ersten Satz praktisch vorzudemonstriren. Wenn man bedenkt, daſs Kristian knapp vorher den Lancelot gedichtet, denjenigen Roman, wo die Allgewalt der Liebe, die den Mann zum willenlosen Sklaven des angebeteten Gegenstandes macht, vor dem er wie vor einem Heiligtum stets nur in tiefster Demut und durchaus willenlosem Gehorsam auf den Knien liegen soll, so bekommt unser Gedicht dadurch eine ganz besondere Beleuchtung: es sieht fast aus, wie ein stiller Protest des Dichters, der zwar der Mode der damaligen Zeit — freilich nur als bestellter — Fahnenträger vorangeht; aber dabei doch sein eigenes Urteil behält. Es ist eine feine Ironie, wenn der Dichter die Frau, diese heilige und allmächtige, alleingebietende Herrin, zu der der Geliebte ohne ihre Aufmunterung nicht einmal emporzuschauen wagt, also die Trägerin der idealen Liebe, als das veränderlichste und wetterwendischste Geschöpf der Welt erscheinen läſst. Das ist die Göttin, der wir Männer dienen!

Und dabei zeigt das stete Zurückkommen auf den Gegenstand, den der Dichter immer wieder, freilich jedesmal in anderer Weise, hereinzieht und breit schlägt, daſs

ihm dies als der Hauptpunkt dieses ganzen Theiles gegolten
hat. Man beachte

1436. .. *fame a plus de mil corages.*
Celui corage qu'ele a ore,
Espoir changera ele ancore, —
Einx le changera sanz „espoir."

Und dies wird nicht nur behaglich erörtert, die
ganze Episode von Yvains Verlieben und Heiraten ist die
schlagendste praktische Bestätigung desselben.

Ich komme darauf noch weiter unten im anderen Zu-
sammenhang zurück (S. XIII. XIV).

Woher hat nun Kristian den Stoff zu seinem glän-
zenden Gedicht sich geholt? Hierüber fehlt jede An-
deutung! Während er im Erec einen *conte d'aventure* als
Quelle nennt, im Cligés *un des livres de l'aumaire ... saint
Pere a Biauvaiz*, im Perceval wiederum einen *livre*, den
ihm der Graf Philipp von Flandern gegeben, in Wilhelms-
leben eine Historiensammlung im Kloster von Saint Es-
moing in England, wohin also Kristian, wahrscheinlich
aus Flandern, einmal gelegentlich gekommen sein dürfte,
endlich im Lancelot angibt, dafs ihm die Gräfin von
Champagne die *matiere* und den *sen* des Romans gegeben
(also kein eigenes Buch, was zu beachten ist): so ist der
Yvain das einzige Werk Kristians, worin keine
Quelle welcher Art immer angegeben wird, wie
denn demselben jede Einleitung überhaupt abgeht, etwas
so auffälliges, dafs man gern eine Verstümmlung des An-
fangs annehmen möchte, wenn nicht die Ablenkung auf
den Orden der echten Amorritter (Z. 16—28), dessen
treues Mitglied, wie aus der Erzählung erhellt, Yvain ist,
und der Übergang Z. 33 (*Por ce me plaist a raconter*
usf.) die Stelle der in der damaligen Zeit unvermeidlichen
Einleitung vertreten würden. Dazu kommt ein zweites
Moment: wie im Erec, so vermifst man auch hier die
Nennung eines Gönners. War also der Dichter damals
ohne Hofanstellung? oder hat die Laudinen-Episode (viel-
leicht ist etwas ähnliches in der damaligen Chronique scan-
daleuse vorgekommen und die betroffenen Kreise waren

unangenehm berührt, als sie die Geschichte nun in diesem
Rahmen eingefafst und verewigt sahen) an dem Hof, wo
Marie von Champagne ihren eigenen Liebesorden mit ganz
besondern Satzungen gegründet hatte, verschnupft und
war der Dichter so gezwungen worden, den Namen der
Gönnerin wieder auszustreichen?

Soviel ist aber mir wenigstens sicher, dafs das völlige
Schweigen über jegliche Quelle, der einzige Fall in allen
seinen Werken, einen bestimmten Grund haben mufs und
diesen finde ich darin: der Roman vom Löwenritter ist
überhaupt nach keinem *livre* und auch nach keinem
conte gearbeitet, sondern eine freie Schöpfung des Dichters
— freie Schöpfung in dem Sinne, den es heute noch oft,
damals in solchen Dingen fast immer hatte, dafs zur
Durchführung einer selbstgefafsten Grundidee eine Reihe
von vorgefundenen Episoden, die mannigfaltig geändert
werden, verbunden und verknüpft werden. Sind wir nun
im Stande etwas über dieselben zu sagen?

Was den ersten Teil, das Abenteuer an der Quelle
im Wald von Broceliande, betrifft, so ist dies offenbar eine
bretonische (d. h. armorikanische) Ortssage, die sehr geschickt
dazu verwandt wird, um den Helden zu seiner ihm zuge-
dachten Herrin und Gebieterin kommen zu lassen. Deren
Liebe soll er erringen und, nachdem er durch ein Ver-
gehen (Vergefslichkeit) dieselbe verloren, sich ihrer durch
innere Läuterung und nach aufsen hin durch edle Thaten
und Heldenmut wieder würdig erweisen und so Ver-
zeihung erlangen. Dieser vom Dichter selbständig aufge-
stellte Grundgedanke wird nun in einem Punkt, wie ich
bereits oben S. X.. ausgeführt, durchbrochen: diese Ge-
liebte, das angebotete Idol des Helden, ist ein schönes,
aber sehr wankelmütiges Weib, also eine Verquickung des
Grundgedankens mit einem zweiten, ihm ganz fremden und
eigentlich widersprechenden Gedanken. Wenn also die
völlige Hingebung des Liebenden an die Geliebte durch
eine eigenartige Charaktereigenschaft dieser Frau einen
ironischen Beigeschmack erhält, so ist nicht zu leugnen,
dafs die Erzählung dadurch, was Anregung und Unter-

haltung anbelangt, ganz beträchtlich gewonnen hat, wenn
sie auch an strengem Kunstwert verliert. Der Dichter lässt
also den Gemahl der Herrin durch Yvain erschlagen, diese
ob dem Tod ihres Gemahls unsäglich trostlos und ver-
zweifelt sein, damit sie nach drei Tagen den Mörder ihres
so heifsgeliebten und tiefbetrauerten Gatten völlig schuld-
los finde und mit Begeisterung augenblicklich heirate!
Diese leicht getröstete Witwe ist ein direkter Nachkomme
der bekannten ,Witwe von Ephesus'. Kein einziger aller
der boshaften Züge, die das Original besitzt, fehlt dem
neuen Abbild desselben. Man lese die rührende Schilderung
des furchtbaren Schmerzes Laudinens, die in Klagen um den
teuern, unersetzlichen Gemahl und in Verwünschungen
und Anklagen des Mörders ausbricht Z. 1150 — 1165 (be-
achte den letzten Vers *don* (der verlorene Gemahl) *ja ne
cuide avoir confort*) und Z. 1203 -- 1242, die Totenklage der
Witwe Z. 1288 — 1301, ihr Gespräch mit der Zofe 1598 f.
(beachte 1603 *mes mon vuel Seroie je morte d'enui* ....
por aler aprés lui), ihr leidenschaftlicher Zornesausbruch
gegen die letztere, weil sie sich erfrecht hatte, auf den
Sieger ihres Mannes auch nur hinzuweisen 1645 f., das
erste Nachlassen des Schmerzes 1654 f., das ruhige An-
hören der Zofenpläne, das Eintreten des Stimmungswechsels
1749 *(Ez vos ja la dame changiee* usf., wozu entgegen-
gehalten ist die oben schon S. XI citirte Stelle 1436,
Espoir changera ele ancore usf.), die musterhaft durch-
geführte Verteidigung und Freisprechung des Mörders
1760 f. *(Donc n'as tu rien vers moi mespris)*, die brennende
Begier, den Mörder ihres Mannes so bald als nur möglich
(beachte besonders 1832 *Cist termes est trop lons assez. Li
jor sont lonc* usf., noch schneidender die Ironie in 1874 *Mes
ci por coi demorez vos?*) zu heiraten und zu besitzen, was
endlich zu beider innigster Befriedigung geschieht. Der
Dichter hat nicht unterlassen, seine Witwe deutlich als
das würdige Seitenstück der Ephesischen hinzustellen.
Yvains erster Gedanke ist 1426: *Car il ne puet cuidier
ne croire Que ses voloirs* (die Witwe zu besitzen) *puisse
avenir.* Denn *son seignor a mort li navrai et je cuit a*

li pes avoir! 1458 *Que ce qu'ele amoit, li ai mort.*
Wen das bisherige noch nicht ganz überzeugt hat, der
wird wohl durch das brutale Wort des Dichters selbst,
der es freilich in geschickter Weise der Witwe selbst in
den Mund legt, überzeugt werden

1807 f. *Mes il le* (die Heirat) *covandra si feire*
        Qu'an ne puisse de moi retreire
        Ne dire: „„„C'est cele qui prist
        Celui qui son 'seignor ocist.“„“

Dafs dies der Angelpunkt der ganzen Episode ist, ersieht
man daraus, dafs der Dichter beim Schlufs derselben ganz
elementar das Facit zieht und damit ja Niemand die eigent-
liche Absicht des Dichters verkennen könne, philosophisch
also schliefst:

2167 *Mes or est mes sire Yvains sire*
     Et li morz est toz obliëz.
     Cil qui l'ocist est mariëz
     An sa fame et ansanble gisent... [1])

---

[1]) Ich habe hier des weiteren ausgeführt, warum ich diese
Episode auf die Witwe von Ephesus zurückführe; dagegen hatte
sich nämlich Mussafia Literaturblatt 1889 Sp. 221 also ausge-
sprochen: „Ch., welcher die Liebenden der Vergangenheit im
Gegensatz zur Entartung seiner Zeitgenossen preist, kann doch
nicht eine solche Untreue an dem heimgegangenen Gemahl als den
eigentlichen Vorwurf seiner Dichtung (das habe ich nie
gesagt; der Dichter hat blofs diese Episode aus der von mir
angegebenen Quelle geholt) gewählt haben“, gibt aber zu: „man
kann immerhin eine gewisse Affinität der zwei Situationen
constatiren;“ vielleicht werden sie ihm jetzt noch verwandter
vorkommen. Gaston Paris wiederum sieht (Rom. XVII, 335)
darin einen Verwandten des Tannhäusers: *„le héros quitte une
fée,* (das ist nun Laudine gar nicht), *dont il est devenu l'époux*
(aber nicht durch den Mord ihres Mannes), *avec l'intention de
revenir, et il oublie une promesse qu'il lui a donnée ou une
défense qu'elle lui a faite.* Vielleicht versucht es Paris, diese
hingeworfene Idee zu begründen. Mag nun auch der Dichter
wirklich das folgende (Vergessen des Versprechens) sich aus einem
solchen Stoff geholt haben, sicher ist, dafs die Episode, welche
ich auf die Witwe von Ephesus zurückführte, damit unter keinen
Umständen etwas zu thun hat.

Es kommt nun der Abschied mit dem Versprechen, innerhalb Jahresfrist zurückzukommen und das Brechen desselben (dieser Teil soll mit dem Tannhäuserstoff verwandt sein, s. die vorherg. Anm.), worauf eine Reihe von Abenteuern folgen, die entweder die gewöhnliche Schablone dieser Art wiedergeben oder Selbstgesehenes verarbeiten (z. B. das Elend der Seidenfabrikarbeiterinnen), unter denen aber sich der Löwe des Androklus (freilich mit ganz selbständiger Entwickelung des Abenteuers) ebenso sicher findet wie im vorigen der Ring des Gyges. Aus diesen Mosaiksteinchen hat der Dichter sein schönes Gedicht zusammengesetzt und damit seine zwei Grundgedanken durchgeführt, während das Ganze durch die eigenartige Kunst des Dichters, seelische Vorgänge und Zustände zu schildern, seinen Glanz erhält.

Dafs eine solche relative Selbständigkeit unserem Dichter wohl zuzutrauen, zeigen nicht nur seine übrigen Dichtungen, als auch manch andere vortreffliche und oft ganz unabhängig von jedem überlieferten Stoff ersonnene Dichtung, wie z. B. der liebliche Roman von Amadas und Idoine, Gliglois und andere der Art, welchen höchstens einzelne wirkliche Begebenheiten zu Grunde liegen können. Im Cligés (s. meine grofse Erec-Ausgabe S. X u. XLI) können wir die Entlehnungen des Dichters bis in das kleinste mit voller Deutlichkeit verfolgen, für den Erec dasselbe mit grofser Wahrscheinlichkeit bestimmen: die dem *conte* eines Bretonen (auf die Bretonen überhaupt, nicht auf die Kelten Englands führt ja Kristian von Troyes die Artussage zurück: *Si m'acort de tant as Bretons   Que toz jorz mes durra ses* (Arturs) *nons   Et par lui sont ramanteü   Li buen chevalier esleü   Qui an enor se traveillierent*) entlehnte Episode von der Heirat Erecs mit der Tochter eines bettelarmen Krautjunkers, ebenso den Zaubergarten des ‚Freudenhofes' — alles übrige ist ausnahmslos Eigengut des Dichters, ganz besonders die Grundidee des Ganzen von dem Verliegen, der Schuld Enidens und die Sühnung derselben durch Bestehen der härtesten Proben (s. a. a. O. S. XLII) — also

im Grunde genommen ein Gegenstück zu Yvain, wo der
Held es ist, der sich eines Vergehens gegen die Geliebte
schuldig macht und in ebenso harten Proben geläutert
und gesühnt wird.

————————

Die vorliegende Ausgabe giebt den Text meiner gro-
fsen Ausgabe zwar im Ganzen und Grofsen unverändert wie-
der, vgl. das oben S. VII darüber Gesagte; es erklärt sich
leicht daraus, dafs der Ywain zu den heute gelesensten und
am besten durchgearbeiteten altfranzösischen Texten gehört,
so dafs man ihn beinahe in der jetzigen Fassung als end-
giltig festgesetzt ansehen kann, freilich nur dann, wenn
die von mir zu Grunde gelegte Handschriftenfamilie als
die echte Überlieferung des Gedichtes angesehen wird und
nicht etwa der einsam abseits stehende eigenartige V.
Die im folgenden aufgezählten Veränderungen (die zahl-
reichen Interpunktionsänderungen führe ich nicht an) be-
ruhen einmal auf der einzigen mir bekannt gewordenen
Besprechung meiner grofsen Ausgabe durch Adolf Mus-
safia im Litteraturblatt für germanische und romanische
Philologie 1889, Sp. 220—224 (Lesarten anderer Hss.
153. 175. 975. 1375. 1752. 2665. 3335. 4216. 4450),
wozu aufser einigen Interpunktionsänderungen noch zwei
Konjekturen von Adolf Tobler (1851 *baut* st. *haut*, 1997
ne st. *me* und *trestot torne* nach MA), einiges Orthographische
und Interpunktionen von Hermann Suchier und eine statt-
liche Reihe von Besserungen der verschiedensten Art von
Jules Cornu (82. 94. 248. 744. 885. 1403. 1607. 1858.
2061. 3072. 3112. 3145. 3335. 4140. 4216. 4450. 5167.
5466. 5960. 6239. 6649) kommen: allen meinen besten
Dank! Die meisten Änderungen freilich beruhen auf der
systematischen Nichtbeachtung von V und der grundsätz-
lichen Einführung von β, es sei denn, dafs γ's Zusammen-
gehen mit V und der eigene Wert der Leseart diese ein-
zuführen zwang, was sich dem Stammbaum nach darum
erklärt, dafs die den Handschriften P und H gemeinsame
Vorlage β' die Änderung des ursprünglichen Textes vor-
genommen hat.

————————

Textänderungen der vorliegenden Ausgabe.

8 *cex* — 11 *Ou .. ou* — 33 *reconter* — 54 *Dodiniaus* — 56 *Et si i fu* — 57 *Et avuec aus* — 94 *perdons* — 103 *Ce qu'il avoit ancomancié* — 112 *A miaux* — 115 *Que* — 127 *ja* — 141 *Mes* — 153 *teus* — 175 *gres a de set* — 208 *venuz* — 214 *je* — 229 *longue et gresle* — 232 *Puis .. cort* — 243 *sanblant* — 248 *qui* will Cornu — 275 *A* — 277 *lués que je* — 320 *coiz et ne* — 324 *Ne (Noiant plus que beste* will Cornu) — 325 *Et je cuidai* — 334 *par* — 344 *celi* — 362 *Avantures* — 366 *ou de* — 374 *Ci pres troveras* — 385 *por nul iver* — 386 *de fer* (ich nehme, wie meine Anmerkung zu dieser Stelle bereits ausgeführt hat, Unachtsamkeit des Dichters an) — 388 *jusqu'an* — 391 *Mes je ne te sai dire* — 392 *Que* — 426 *Si ot* — 443 *pesle* — 456 *a seür* — 457 *Que* — 462 *Qu'il* — 463 *tot .. covert* — 478 *j'oï* — 480 *Bien cuidai que il fussent* — 481 *fraint demenoit* (es steht auch Ioinville § 178 in A.) — 489 *De* — 491 *Et dist: „Vassaus, mout* — 510 *Que* — 512 *a seür* — 515 *Mes sachiez bien* — 525 *plus forz* — 531 *S'i mis trestote* — 537 *Qu'einz nule* — 547 *angoisseus* — 555 *Qu'a* — 558 *Mes mes armes totes jus* — 574 *qu'il* — 576 *Que ni* — 583 *nos devons mout antramer* — 604 *cest* — 612 *Deable! Estes vos forsenez* (der Fluch im Mund der Königin darf nicht mit unserem jetzigen Maſsstab gemessen werden) — 614 *Que vostre langue onques* — 659 *reconta* — 668 *vandra* — 670 *prandra* — 677 *soit* — 690 *li* — 699 *tot* ist in keiner Weise gestützt; aber das allein sich darbietende *boissonconos* F ist kaum richtig gebildet, es giebt ein *boissoncel*, aber kein *boissonçon;*

b

boissoncelos müfste erst eigens gebildet werden. Sonst
A l'estroit s. b., wenn 698 *que il vandra*, was den Reim
abschwächt. — 741 *Que ja* — 744 *iert* — 751 *monta*
— 759 *Ot aporté* — 776 *Qui gresle et pluet et tone* —
801 *quanqu'il voloit* — 822 *fandent* — 868 *jusqu'al* —
885 *fuit cil* — 912 *antrancontrer* — 927 *dehachiez* —
970 *iluec* — 1064 *ja por la* — 1117 *Que* — 1192
Si (dadurch wird die Erklärung Mussafia's, der mit Recht
auf den schreienden Widerspruch mit 1138 hinweist,
unmöglich gemacht und der Widerspruch schroff offenbar;
aber der von Mussafia zur Vermeidung desselben hinein-
gelegte Sinn ist doch nicht zu halten. Wir müssen hier
wiederum eine Vergefslichkeit des Dichters annehmen,
wie wir es bei 420 (gegen 386) und zwar ebenso un-
mittelbar hintereinander hatten thun müssen. — 1225
Quant — 1249 besser ist vielleicht *Car; l'anfueent* der
vorigen Zeile, an dem Mussafia mit Recht Anstofs nimmt
im Hinblick auf 1341, mufs hier in der ingressiven Be-
deutung „machen sich daran, ihn zu begraben" aufge-
fafst werden. — 1252 *Quant* — 1262 *Et dist:* „*Biaus
sire a mout grant ost* — 1288 *dist* — 1299 *biaus doux*
— 1313 *Qu'il* — 1329 *Que l'an n'an prandroit reançon* —
1333 *arester* — 1334 *demorer* — 1365 *Qu'ele prandre
ne l'an* — 1375 *Cele* — 1388 *vil qu'ele* — 1403 *n'a
ele pas* — 1459 *E donc, sui je ses* — 1462 *Mout me
poise des biaus* — 1486 *detort ses beles* — 1487 *piz* —
1494 *trespassee* — 1520 *autre* — 1536 *a* — 1572 *Je*
— 1581 *Fu de lui servir* — 1607 *il est poësteïs* —
1610 *se vos le volez prandre* — 1641 *autres fames* —
1649 *buen* — 1657 *porroit* — 1662 *atandu* — 1677
sont remés parmi — 1680 *prodome* — 1712 *mal* —
1713 *enuieuse* — 1727 *vers* — 1729 *Cui ele garde* —
1730 *n'i a* — 1745 *li* — 1746 *sa .. son enui* — 1747
li — 1748 *sa* — 1752 *Qu' amer la doie* — 1757 *se*]
ich möchte gegen die Überlieferung am liebsten *le* lesen;
denn sie selbt verteidigt sich ja nicht. — 1759 *Lors si*
— 1762 *desdire* — 1772 *j'ai bien et* — Nach 1776
scheint eine Lücke zu sein „dafs er in diesem Fall sagte."

1786 *recomance* — 1835 *aut* — 1839 *reface* — 1851
baut (gegen die Überlieferung Tobler) — 1858 *praing* —
1867 *ou* — 1926 *Ce* — 1933 *Ne por el ne vos esmaiiez*
— 1945 *il iert* — 1950 *Grant peor ce vos acreant* —
1953 *dist* — 1961 *qui* — 1965 *Si li a dit* — 1974
dist — 1977 *vos me* — 1997 *ne* (gegen die ge-
samte Überlieferung Tobler) — 2024 Man könnte auch
„ *Voire.*" — „ *Voir? An quel meniere?*" lesen — 2032
morir ou vivre — 2084 *Por* — 2086 *trestot alé* — 2113
dit — 2155 *les* — 2179 *Ahi qu'est* — 2193 *Dit de
lui unes* — 2199 *Neporquant certes bien m'acort* — 2204
hira — 2254 *puissant* — 2260 (*à la terre:* Der Artikel
ist sonderbar und gegen den Sprachgebrauch; Cornu) —
2280 *assomez* — 2295. 6 *De savoir tote s'avanture:* De
(oder *Del*) *voir dire mout le conjure* — 2298 *le servise*
— 2477 *arester* — 2536 *lecheor* — 2546 *retorner an
la Bretaingne* (der Artikel sollte wegen *PHFGS* aufge-
nommen werden) — 2549 *chiere* — 2607 *qu'il* —
2648 *Donc* — 2666 *triues* — 2670 *as tornois* —
2695 *Quant Y. tant* — 2707 *Sor un palefroi noir* —
2756 *aimme est an grant porpans* — 2833 *Bien pot*
— 2853 *pout* — 2962 *remest* — 3015 *qu'il .. qu'il
s'an* — 3020. 3023 *nuz*] Cornu will hier und an ähn-
lichen Stellen *nu;* der Reim sichert sowohl Nom. als
Akkus.; vgl Yvain 4131. Erec 3875 (Nom.), Yvain
6313 (Akk.) — 3041 *painnes* — 3092 *sa* — 3104
Ansanble ont lor voie — 3122 *gié* — 3130 *d'un domage
feroit* — 3144 *A .. a* — 3173 *Que* — 3176 *Que* — 3177
cort sus et si giete — 3179 *done* — 3191 *Mes* — 3253
la — 3257 *çaus* — 3259 *anchauce* — 3266 *les* —
3267 *Et ... lor* — 3278 *Iluec* — 3310 *pertes restoerra*
— 3323 *Qu'onques* — 3335 *Si granz* — 3353 *cele* —
3356 *Lors* — 3358 *an* — 3370 *bataille pas ne li faut*
— 3373 *li* — 3381 *despiece* — 3504 *La char* — 3505
Tant — 3511 *detort* — 3512 *Et s'a* — 3536 *l'ame* —
3546 *gié* — 3551 *piz el cors* — 3560 *mout m'ot pe-
tite* — 3566 *Qui ... ceste* — 3569 *pasmeisons* — 3576
et gestrichen — 3586 *Par foi* — 3598 *Sire chevaliers*

— 3603 *quoi je sui ci an* — 3634 *Gié* — 3672 *que or* — 3692 *an* — 3725 *lonc ma* — 3734 *La mort einçois* — 3743 *Car* — 3746 *Que* — 3752 *ou vos* — 3798 *l'aim come* — 3819 *la* — 3825 *an* — 3858 *N'est nus jorz* — 3872 *savra* -- 3886 *ai trestote* — 3894 *tuit sont* — 3906 *Se ... quis* — 3916 *pas an* — 3935 *tant* — 3953 *gié* — 3964 *son oste* — 3969 *Les* — 3984 *Qu' orguiaux .. ne s'estande* — 4021 *Et çant mile tanz plus l'eüssent* — 4050 *Que il li vostrent* — 4078 *voudroit* — 4102 *vindrent* — 4140 *despite* — 4216 *ra une* — 4246 *cuit greignor* — 4282 *il* — 4351 *Au* — 4360 *Mout tres grant duel et* — 4369 *Qu' il* — 4376 *franche* (wegen PHGS) — 4387 *les* — 4410 *gié* — 4418 *niés* — 4420 *Qu' il* — 4422 *que a ... tort* — 4427 *or mal* — 4445 *Que* — 4465 *ceste* — 4477 *d'aus deus* — 4488 *revint* — 4502 *tot* — 4507 *avuec lui se* — 4512 *les dames totes* — 4537 *sanc chaut qui del* — 4560 *pooit* — 4572 *reisons de* — 4631 *dist* — 4668 *tant sa* — 4679 *Si li ... un* — 4722 *vandroit* — 4739 *fres* — 4845 *mes plus* — 4867 *la mainne* — 4907 *cil* — 4923 *Gié* — 5029 *il li* — 5095 *Nenil* — 5104 *me* — 5139 *m'asaus* — 5167 *anuit mes* — 5178 *vers la p. s'aquiaut* — 5203 *as cos* — 5237 *Gié* — 5251 *Que* — 5374 *sexe* — 5381 *de sa* — 5419 *Li sire* — 5451 *devisemant* — 5496 *Qu'einsi vos* — 5540 *ce* — 5611 *pres terre* — 5616 *Que mout* — 5633 *il tant con* — 5662 *Mes por n. que tant* — 5663 *mire a t. ja n'i avra* — 5664 *Qu'an* — 5665 *qui mout vint* — 5671 *Que* — 5675 *dist* — 5703 *gié* — 5751 *si m'an* — 5755 *Quel ore que il* — 5851 *ne cuide qu'ele l.* — 5894 *Et* — 5960 *gié* — 5968 *mout me* — 5973 *mestier* — 6012 *Einçois ... feïst enui* — 6114 *ne .. ne e.* — 6186 *Et* — 6213 *Ne n'est m. s'il* — 6238 *Ja* — 6357 *gié .. gié* — 6467 *gié* — 6591 *Si vaudra mout pis* — 6608 *monde* — 6609 *siuist* — 6639 *el* — 6649 *l'ot* — 6681 *Queriiez me* — 6785 *coupable* — 6801 *rien nule* — 6807 *par.*

Anhang.

Vergleichung des Hollandschen Textes (1862) mit der
ihm zu Grunde liegenden Handschrift H.*)

(Der bequemen Benutzung wegen ist die Hollandsche Zählung zu Grunde gelegt worden.)

1 *grofse Gold-Initiale von acht Zeilen Länge.*
9 cheualier ▦.
72 uos *zweimal.*
80 nos *fehlt.*
89 dont] dō.
132 la taine.
133 K'.
233 Que auoec.
245 lanuit, *ebenso* 267.
267 *Initiale.*
290 sestoit.
353 *Initiale (die gewöhnlichen Initialen haben zwei Zeilen Länge).*
407 Q' li ot.
481. 559 *Initiale.*
579 *keine Initiale.*
611 K'.
613 *Initiale.*
681 sauroit (r *unterpunktiert*).
696 Sil.
715 ferar.
749 Au boen *(von 2. Hand).*
799 qanquil.
804 cō.
880 9.

897 nan porte.
905 *Initiale.*
908 an9brier.
942 9.
956 san fuioit.
957 san fui.
959 *keine Initiale.*
966 9 de ce q̄ il.
975 Si lesmaia.
1053 *Initiale.*
1122 ne *zweimal (das erste unterpunktiert).*
1151 com.
1171 *Initiale.*
1184 par tot.
1225 quies.
1227 (f. 84ᵇ *beginnt hier, nicht mit* 1228) .ore.
1236 ne li.
1241 *Initiale.*
1324 Je lapel.
1348 a parlemant] *in der Vorlage von* H *stand also* aptemant.
1377 *Initiale.*
1447 q̄ ele antor li la tret.

---

*) *Die von Holland in den Anmerkungen für A (unser H) angegebenen Abweichungen sind hier nicht wiederholt.*

1463 9ques.	2436 *von 2. Hand auf leer ge-*
1465 Qˡ.	*lassener Zeile.*
1466 mespranent.	2539. 2579 *Initiale.*
1467 rōpre.	2595 ie li met.
1471 A tot.	2599 9.
1495 ne se pot an biaute.	2643 nen manra.
1496 trespassee.	2646 len maint
1509 *Initiale.*	2679 miaost.
1513. 1526 9.	2699 9.
1558 ni.	2757. 8 *umgestellt und mit Ver-*
1579 nuit antre.	*weisungszeichen am Rand.*
1588 ce ꝗle uit.	2767 *Initiale.*
1647 *Initiale.*	2774 *keine Initiale.*
1649 tan fuies.	2790 9.
1669 Qˡ si.	2799 Si lan.
1696 ansanble.	2870 en] 7.
1701 feites.	2891 Si lauoit.
1727 *Initiale.*	2906 si la.
1749 Ez uos.	2908 Celleⁿᵉ le bote 7 nesuoille
1758 9.	(n *Rasur*).
1764 por (*nicht* par).	2941 san fuit.
1872 9.	2962 lenfroit.
1879 quanuoit.	2969 angreinne.
1908 Einz.	2985 si len.
1920 dō.	2986 9.
1943. 2015 *Initiale.*	2994 lenfroie.
2046 *von 2. Hand auf leer ge-*	3004 an porte si san fuit.
lassener Zeile.	3013 7 tot.
2081 *Initiale.*	3033 len maint.
2110 9.	3034 si la.
2159 *Initiale.*	3039 ne li.
2164 *keine Initiale.*	3047 9.
2178 Et ▤ si.	3056 ne leust.
2188 ne lalose.	3061 *Initiale.*
2191 *Initiale.*	3092 li escapa] *von dritter sehr*
2329 *grofse Gold-Initiale von*	*später Hand in Kursiv*
sechs Zeilen Länge.	*auf leer gelassenem Raume.*
2342 *von 2. Hand auf leer ge-*	3189 9.
lassener Zeile.	3193 9.
2347 Cueurent.	3194. 3197 9.
2364 Nenot.	3249 *Initial*
2391 nes une.	3250 dō.
2396 remābrance.	3251 cez.
2412 ne por oec.	3252 san fuient.
2415 *Initiale.*	3256 9.
2420 claīme.	3265 san fuit.
2425 9.	3289 an maine.

3321. 3380 9.
3387 9.
3444 si len porta.
3448 se li.
2477 *Initiale.*
3510 san fuie.
3538 9.
3555 *Initiale.*
3561 si lapela.
3599 *Initiale.*
3616 *(von erster Hand am Rand nachgetragen).*
3719 9.
3748 Nan quier.
3755 *Initiale.*
3761 9.
3762 *keine Initiale.*
3795 *Initiale.*
3836 Lessiez.
3872 9.
3882 cō il.
3891 *Initiale.*
3908 ne lanpreist.
3927 dō.
3936 man metroie.
3943 9 ie lai.
3949 *Initiale.*
3956 les] lor, *nicht* lee, *wie die Anm. will.*
4008 si len menerent.
4044 *von 2. Hand auf leer gelassener Zeile.*
4137. 4211. 4249 *Initiale.*
4305 *keine Initiale.*
4306 9.
4315 *Initiale.*
4333 ne la.
4341 si lafreinne.
4354 9.
4377 *Initiale.*
4379 9plaintes.
4387 len lieue.
4392 ne lauoit.
4402 9.
4403 dō.
4416 san fuie.
4423 man fuirai.

4427 ie len.
4439 9paingnie.
4446 ohanpion.
4467 *Initiale.*
4494 *von 2. Hand auf leer gelassener Zeile.*
4496 nen portent.
4517 Ausi 9.
4524 9perent.
4525 *Initiale.*
4531 ne len.
4541 *grofse Gold-Initiale von sechs Zeilen Länge.*
4558 *keine Initiale.*
4561 La dameisele (isele *unterpunktiert*) de sō gre; trestot *ist von 1. Hand oberhalb* de *geschrieben.*
4573 9 il.
4617 certenement.
4619 *Initiale.*
4644 *keine Initiale.*
4651 Si len porte.
4674 Si lont.
4695 *keine Initiale.*
4702 lainz nee.
4715. 4751 *Initiale.*
4766 uieng.
4799 9.
4811 *Initiale.*
4832 9.
4857 len mainne.
4876 9.
4883 len maiune.
4909 *Initiale.*
4929 de lerrer.
4944 9.
4965 lan manroit.
4985 ne len.
5013 or endroit.
5027 eslais] es ‖‖‖.
5029 9.
5035 ie la taing.
5048 *von 1. Hand auf Rasur.*
5141 porcoi.
5158 an ql leu *steht auch* H.
5177 *Initiale.*

5240 dō.
5249 de lisle.
5254 maleur.
5266 9batre.
5267 dō.
5274. 5279 9.
5284 honte ☰.
5298 de lueure.
5323 9batent.
5325 9.
5339 *Initiale.*
5369 *von 2. Hand auf leer gelassener Zeile.*
5371 lui, *aber die zwei letzten Balken sind weggewischt, so dafs schwarz blofs* li *erscheint.*
5375 dō.
5387 9.
5423 si lan.
5430. 5434 Lanuit.
5449 *Initiale.*
5467 uaintre.
5491 9batre.
5499. 5522 9batre.
5544 ni est.
5561 *Initiale.* — si li.
5578 font.
5616 tranchanz.
5625. 5627 9.
5632 aterre.
5689 si lacolent.
5719. 20 *umgestellt und mit Verweisungszeichen versehen.*
5726 9paignie.
5744. 5762 9.
5784 dō.
5806 9 la pucele len mainne.
5826 si lenore.
5829 lanuit.
5860 de lostel.
5869 9batre.
5899. 5906. 5910 9.
5917 *Initiale.*
5935 *von 1. Hand dazwischen geschrieben.*

5962 9.
5977 — 5982 *von 2. Hand auf leer gelassenem Raum.*
5983 *Initiale.*
5997 *keine Initiale.*
6019 9.
6091 ne lapela.
6098 *keine Initiale.*
6100 A lasanbler.
6127 9batent.
6141 *grofse Initiale von vier Zeilen Länge.*
6171. 6181 lainz nee.
6205 *Initiale.*
6216 chāp.
6233 dō.
6243 9.
6272 9batuz.
6295 9painz.
6301 *Initiale.*
6317 I ai.
6326 9paignon.
6329 9.
6357 li rois.
6460. 6464 9paignon.
6468 9painz.
6481 *Initiale.*
6494 adō.
6520 9paignie.
6563 pansez (z *ausradiert*).
6583. 4 *von 2. Hand auf leer gelassenem Raum.*
6597 suiest, e *auf radiertem* l *geschrieben.*
6598 il li, *d. h. le fehlt nicht, wie die Anm. sagt, sondern lautet* li *und dies ist richtig.*
6620 saintuaire.
6627 *Initiale.*
6640. 6694. 6770 9.
6712 9.
6747 *Initiale.*
6761 9.
6762 dō.
6765 *Initiale.*

ARTUS, li buens rois de Bretaingne,
La cui proesce nos ansaingne
Que nos soiiens preu et cortois,
Tint cort si riche come rois
5 A cele feste qui tant coste,
Qu'an doit clamer la pantecoste.
La corz fu a Carduel an Gales.
Aprés mangier parmi cez sales
Li chevalier s'atropelerent
10 La ou dames les apelerent
Ou dameiseles ou puceles.
Li un racontoient noveles,
Li autre parloient d'amors,
Des angoisses et des dolors
15 Et des granz biens qu'an ont sovant
Li deciple de son covant,
Qui lors estoit riches et buens;
Mes or i a mout po des suens,
Que a bien pres l'ont tuit leissiee,
20 S'an est amors mout abeissiee;
Car cil qui soloient amer
Se feisoient cortois clamer
Et preu et large et enorable;
Or est amors tornee a fable
25 Por ce que cil qui rien n'an santent
Dïent qu'il aimment, mes il mantent,
Et cil fable et mançonge an font,
Qui s'an vantent et droit n'i ont.
Mes por parler de çaus qui furent,
30 Leissons çaus qui an vie durent!

Qu'ancor vaut miauz, ce m'est avis,
Uns cortois morz qu'uns vilains vis.
Por ce me plest a reconter
Chose qui face a escouter,
35 Del roi qui fu de tel tesmoing
Qu'an an parole pres et loing;
Si m'acort de tant as Bretons
Que toz jorz mes vivra ses nons;
Et par lui sont ramanteü
40 Li buen chevalier esleü,
Qui an enor se traveillierent.
Mes cel jor mout s'esmerveillierent
Del roi qui d'antr'aus se leva,
S'i ot de teus cui mout greva
45 Et qui mout grant parole an firent
Por ce que onques mes nel virent
A si grant feste an chanbre antrer
Por dormir ne por reposer;
Mes cel jor einsi li avint
50 Que la reïne le detint,
Si demora tant delez li
Qu'il s'oblia et andormi.
A l'uis de la chanbre defors
Fu Dodiniaus et Sagremors
55 Et Keus et mes sire Gauvains,
Et si i fu mes sire Yvains,
Et avuec aus Calogrenanz,
Uns chevaliers mout avenanz,
Qui lor ot comancié un conte,
60 Non de s'enor, mes de sa honte.
Que que il son conte contoit,
Et la reïne l'escoutoit,
Si s'est de lez le roi levee
Et vint sor aus si a anblee,
65 Qu'einz que nus la poïst veoir
Se fu leissiee antr'aus cheoir,
Fors que Calogrenanz sanz plus
Sailli an piez contre li sus.

Et Keus qui mout fu ranponeus,
70 Fel et poignanz et afiteus,
Li dist: „Par Deu, Calogrenant,
Mout vos voi or preu et saillant,
Et certes mout m'est bel que vos
Estes li plus cortois de nos;
75 Et bien sai que vos le cuidiez,
Tant estes vos de san vuidiez;
S'est droiz que ma dame le cuit
Que vos aiiez plus que nos tuit
De corteisie et de proesce.
80 Ja le leissames por peresce,
Espoir, que nos ne nos levames,
Ou por ce que nos ne deignames?
Par ma foi, sire, non feïmes,
Mes por ce que nos ne veïmes
85 Ma dame, einz fustes vos levez.“
„Certes, Keus, ja fussiez crevez“,
Fet la reïne, „au mien cuidier,
Se ne vos poïssiez vuidier
Del venin don vos estes plains.
90 Enuieus estes et vilains
De ranponer voz conpaignons.“
„Dame, se nos ne gaeignons“,
Fet Keus, „an vostre conpaignie,
Gardez que nos n'i perdons mie!
95 Je ne cuit avoir chose dite,
Qui me doie estre a mal escrite,
Et je vos pri, teisiez vos an!
Il n'a corteisie ne san
An plet d'oiseuse maintenir.
100 Cist plez ne doit avant venir,
Ne l'an nel doit plus haut monter.
Mes feites nos avant conter
Ce qu'il avoit ancomancié,
Que ci ne doit avoir tancié.“
105 A ceste parole s'apont
Calogrenanz et si respont:

„Sire", fet il, „de la tançon
N'ai je mie grant cusançon;
Petit m'an est et po la pris.
110 Se vos avez vers moi mespris,
Je · n'i avrai ja nul domage:
A miauz vaillant et a plus sage,
Mes sire Keus, que je ne sui,
Avez vos dit sovant enui,
115 Que bien an estes costumiers.
Toz jorz doit puïr li fumiers
Et taons poindre et maloz bruire,
Enuieus enuiier et nuire.
Mes je n'an conterai hui mes
120 Se ma dame m'an leisse an pes,
Et je li pri qu'ele s'an teise,
Que ja chose qui me despleise
Ne me comant soe merci."
„Dame, trestuit cil qui sont ci",
125 Fet Keus, „buen gre vos an savront,
Que volantiers l'escouteront;
Ne n'an feites ja rien por moi!
Mes foi que vos devez le roi,
Le vostre seignor et le mien,
130 Comandez li, si feroiz bien".
„Calogrenanz", fet la reïne,
„Ne vos chaille de l'anhatine
Mon seignor Keu, le seneschal!
Costumiers est de dire mal
135 Si qu'an ne l'an puet chastiier.
Comander vos vuel et priier
Que ja n'an aiiez au cuer ire,
Ne por lui ne leissiez a dire
Chose qui nos pleise a oïr
140 Se de m'amor volez joïr,
Mes comanciez tot de rechief!"
„Certes, dame, ce m'est mout grief
Que vos me comandez a feire;
Einz me leissasse un des iauz treire,

145 Se correcier ne vos dotasse,
    Que hui mes nule rien contasse;
    Mes je ferai ce qu'il vos siet,
    Comant que il onques me griet.
    Des qu'il vos plest, or antandez!
150 Cuer et oroilles me randez!
    Car parole oïe est perdue
    S'ele n'est de cuer antandue.
    De teus i a qui ce qu'il öent
    N'antandent pas et si le loent;
155 Et cil n'an ont mes que l'oïe.
    Des que li cuers n'i antant mie,
    As oroilles vient la parole
    Aussi come li vanz qui vole;
    Mes n'i areste ne demore,
160 Einz s'an part an mout petit d'ore
    Se li cuers n'est si esveilliez
    Qu'au prandre soit apareilliez;
    Que cil la puet an son venir
    Prandre et anclorre et retenir.
165 Les oroilles sont voie et doiz,
    Par ou s'an vient au cuer la voiz;
    Et li cuers prant dedanz le vantre
    La voiz qui par l'oroille i antre.
    Et qui or me voudra antandre,
170 Cuer et oroilles me doit randre;
    Car ne vuel pas parler de songe,
    Ne de fable ne de mançonge,   [172. Holl.
    Don maint autre vos ont servi,
    Einz vos dirai ce que je vi.
175 IL avint, pres a de set anz,   [173.
    Que je seus come païsanz
    Aloie querant avantures,
    Armez de totes armeüres
    Si come chevaliers doit estre,
180 Et trovai un chemin a destre
    Parmi une forest espesse.
    Mout i ot voie felenesse,

De ronces et d'espines plainne;　　　　[181.
A quel qu'enui, a quel que painne,
185　Ting cele voie et cel santier.
A bien pres tot le jor antier
M'an alai chevauchant einsi
Tant que de la forest issi,
Et ce fu an Broceliande.
190　De la forest an une lande
Antrai et vi une bretesche
A demie liue galesche:
Se tant i ot, plus n'i ot pas.
Cele part ving plus que le pas
195　Et vi le baille et le fossé
Tot anviron parfont et le,
Et sor le pont an piez estoit
Cil cui la forteresce estoit,
Sor son poing un ostor müé.
200　Ne l'oi mie bien salüé
Quant il me vint a l'estrié prandre,
Si me comanda a desçandre.
Je desçandi; il n'i ot el,
Que mestier avoie d'ostel;
205　Et il me dist tot maintenant
Plus de çant foiz an un tenant,
Que beneoite fust la voie,
Par ou leanz venuz estoie.
A tant an la cort an antrames,
210　Le pont et la porte passames.
Anmi la cort au vavasor,
Cui Deus doint joië et enor
Tant com il fist moi cele nuit,
Pandoit une table; je cuit
215　Qu'il n'i avoit ne fer ne fust
Ne rien qui de cuivre ne fust.
Sor cele table d'un martel
Qui panduz iert a un postel
Feri li vavassors trois cos.
220　Cil qui a mont ierent anclos

Oïrent la voiz et le son,   [219.
Si saillirent de la meison
Et vindrent an la cort a val.
Li un seisirent mon cheval
225 Que li buens vavassors tenoit;
Et je vi que vers moi venoit
Une pucele bele et jante.
An li esgarder mis m'antante;
Ele fu longue et gresle et droite.
230 De moi desarmer fu adroite,
Qu'ele le fist et bien et bel;
Puis m'afubla un cort mantel
Ver d'escarlate peonace,
Et tuit nos guerpirent la place,
235 Que avuec moi ne avuec li
Ne remest nus; ce m'abeli,
Que plus n'i queroie veoir.
Et ele me mena seoir
El plus bel praelet del monde,
240 Clos tot de mur a la reonde.
La la trovai si afeitiee,
Si bien parlant et anseigniee,
De tel sanblant et de tel estre,
Que mout m'i delitoit a estre,
245 Ne ja mes por nul estovoir
Ne m'an queïsse removoir;
Mes tant me fist la nuit de guerre
Li vavassors qu'il me vint querre
Quant de soper fu tans et ore.
250 N'i poi plus feire de demore,
Si fis lués son comandemant.
Del soper vos dirai briemant
Qu'il fu del tot a ma devise,
Des que devant moi fu asise
255 La pucele qui s'i asist.
Aprés soper itant me dist
Li vavassors, qu'il ne savoit
Le terme puis que il n'avoit

Herbergié chevalier errant   [257.
260 Qui avanture alast querant,
S'an avoit il maint herbergié.
Aprés ce me pria que gié
Par son ostel m'an revenisse
An guerredon se je poïsse,
265 Et je li dis: „Volantiers, sire!“,
Que honte fust de l'escondire.
[Petit por mon oste feïsse,
Se cest don li escondeïsse.]

MOUT fui bien la nuit ostelez,
270 Et mes chevaus fu anselez
Lués que l'an pot le jor veoir,
Car j'an oi mout proiié le soir;
Si fu bien feite ma proiiere.
Mon buen oste et sa fille chiere
275 A saint esperit comandai,
A trestoz congié demandai,
Si m'an alai lués que je poi.
L'ostel gueires esloignié n'oi
Quant je trovai an uns essarz
280 Tors sauvages et espaarz
Qui s'antreconbatoient tuit
Et demenoient si grant bruit
Et tel fierté et tel orguel,
Se le voir conter vos an vuel,
285 Que de paor me tres arriere;
Que nule beste n'est plus fiere
Ne plus orguelleuse de tor.
Un vilain qui resanbloit mor,
Grant et hideus a desmesure,
290 (Einsi tres leide creature,
Qu'an ne porroit dire de boche),
Vi je seoir sor une çoche,
Une grant maçue an sa main.
Je m'aprochai vers le vilain,
295 Si vi qu'il ot grosse la teste
Plus que ronçins ne autre beste,

Chevos meschiez et front pelé,   [294.
S'ot plus de deus espanz de le,
Oroilles mossues et granz
300 Auteus com a uns olifanz,
Les sorciz granz et le vis plat,
Iauz de choete et nes de chat,
Boche fandue come los,
Danz de sangler aguz et ros,
305 Barbe noire, grenons tortiz,
Et le manton aers au piz,
Longue eschine, torte et boçue.
Apoiiez fu sor sa maçue,
Vestuz de robe si estrange
310 Qu'il n'i avoit ne lin ne lange,
Einz ot a son col atachiez
Deus cuirs de novel escorchiez
De deus toriaus ou de deus bués.
An piez sailli li vilains lués
315 Qu'il me vit vers lui aprochier.
Ne sai s'il me voloit tochier
Ne ne sai qu'il voloit anprandre,
Mes je me garni del defandre
Tant que je vi que il s'estut
320 An piez toz coiz et ne se mut,
Et fu montez desor un tronc,
S'ot bien dis et set piez de lonc;
Si m'esgarda et mot ne dist
Ne plus qu'une beste feïst;
325 Et je cuidai que il n'eüst
Reison ne parler ne seüst.
Totes voies tant m'anhardi
Que je li dis: „Va, car me di
Se tu es buene chose ou non!"
330 Et il me dist: „Je sui uns hon."
„Queus hon es tu? — „Teus con tu voiz.
Je ne sui autre nule foiz."
„Que fes tu ci?" — „Je m'i estois,
Si gart cez bestes par cest bois."

335 „Gardes? Por saint Pere de Rome!   [333.
　　Ja ne conoissent eles home.   ?
　　Ne cuit qu'an plain ne an boschage
　　Puisse an garder beste sauvage
　　N'an autre leu por nule chose,
340 　S'ele n'est liiée ou anclose."
　　„Je gart si cestes et justis   ?
　　Que ja n'istront de cest porpris."
　　„Et tu comant? Di m'an le voir!"
　　„N'i a celi qui s'ost movoir
345 Des qu'eles me voient venir.
　　Car quant j'an puis une tenir,
　　Si la destraing par les deus corz
　　As poinz que j'ai et durs et forz,
　　Que les autres de peor tranblent
350 Et tot anviron moi s'asanblent
　　Aussi con por merci criër;
　　Ne nus ne s'i porroit fiër
　　Fors moi, s'antr'eles s'estoit mis,
　　Que maintenant ne fust ocis.
355 Einsi sui de mes bestes sire:
　　Et tu me redevroies dire
　　Queus hon tu es et que tu quiers."
　　„Je sui, ce voiz, uns chevaliers
　　Qui quier ce que trover ne puis;
360 Assez ai quis et rien ne truis."
　　„Et que voudroies tu trover?"
　　„Avantures por esprover
　　Ma proesce et mon hardemant.
　　Or te pri et quier et demant,
365 Se tu sez, que tu me consoille
　　Ou d'avanture ou de mervoille."
　　„A ce", fet il, „faudras tu bien:
　　D'avanture ne sai je rien,
　　N'onques mes n'an oï parler.
370 Mes se tu voloies aler
　　Ci pres jusqu'a une fontainne,
　　N'an revandroies pas sanz painne

Se tu li randoies son droit.   [371.
Ci troveras pres or androit
375 Un santier qui la te manra.
Tote la droite voie va
Se bien viaus tes pas anploiier,
Que tost porroies desvoiier,
Qu'il i a d'autres voies mout.
380 La fontainne verras, qui bout,
S'est ele plus froide que marbres.
Onbre li fet li plus biaus arbres
Qu'onques poïst feire nature.
An toz tans la fuelle li dure,
385 Qu'il ne la pert por nul iver
Et s'i pant uns bacins de fer
A une si longue chaainne
Qui dure jusqu'an la fontainne.
Lez la fontainne troveras
390 Un perron tel con tu verras
(Mes ne te sai je dire quel,
Que je n'an vi onques nul tel),
Et d'autre part une chapele
Petite, mes ele est mout bele.
395 S'au bacin viaus de l'iaue prandre
Et desor le perron espandre,
La verras une tel tanpeste
Qu'an cest bois ne remandra beste,
Chevriaus ne dains ne cers ne pors,
400 Nes li oisel s'an istront fors;
Car tu verras si foudroiier,
Vanter et arbres peçoiier,
Plovoir, toner et espartir,
Que, se tu t'an puez departir
405 Sanz grant enui et sanz pesance,
Tu seras de meillor cheance
Que chevaliers qui i fust onques."
Del vilain me parti adonques,
Qui bien m'ot la voie mostree.
410 Espoir si fu tierce passee

Et pot estre pres de midi,   [409.
Quant l'arbre et la chapele vi.
Bien sai de l'arbre, c'est la fins,
Que ce estoit li plus biaus pins
415 Qui onques sor terre creüst.
Ne cuit qu'onques si fort pleüst
Que d'iaue i passast une gote,
Einçois coloit par desus tote.
A l'arbre vi le bacin pandre
420 Del plus fin or qui fust a vandre
Onques ancor an nule foire.
De la fontainne poez croire
Qu'ele boloit com iaue chaude.
Li perrons iert d'une esmeraude,
425 Perciez aussi com une boz,
Si ot quatre rubiz desoz
Plus flanboianz et plus vermauz
Que n'est au matin li solauz
Quant il apert an oriant.
430 Ja, que je sache, a esciant
Ne vos an mantirai de mot.
La mervoille a veoir me plot
De la tanpeste et de l'orage,
Don je ne me ting mie a sage;
435 Que volantiers m'an repantisse
Tot maintenant, se je poïsse,
Quant je oi le perron crosé
De l'iaue au bacin arosé.
Mes trop an i versai, ce dot;
440 Que lors vi le ciel si derot
Que de plus de quatorze parz
Me feroit es iauz li esparz,
Et les nues tot pesle mesle
Gitoient noif et pluie et gresle.
445 Tant fu li tans pesmes et forz
Que çant foiz cuidai estre morz
Des foudres qu'antor moi cheoient
Et des arbres qui despeçoient.

Sachiez que mout fui esmaiiez   [447.
450 Tant que li tans fu rapaiiez. *untel*
Mes Deus tant me raseüra
Que li tans gueires ne dura
Et tuit li vant se reposerent.
Quant Deu ne plot, vanter n'oserent.
455 Et quant je vi l'er cler et pur,
De joie fui toz a sëur;
Que joie, s'onques la conui,
Fet tost obliër grant enui.
Des que li tans fu trespassez,
460 Vi sor le pin tant amassez
Oisiaus (s'est qui croire m'an vuelle),
Qu'il n'i paroit branche ne fuelle,
Que tot ne fust covert d'oisiaus,
S'an estoit li arbres plus biaus;
465 Et trestuit li oisel chantoient
Si que trestuit s'antracordoient:
Mes divers chanz chantoit chascuns;
Qu'onques ce que chantoit li uns
A l'autre chanter n'i oï.
470 De lor joie me resjoï,
S'escoutai tant qu'il orent fet
Lor servise tres tot a tret;   *inclinem*
Qu'einz mes n'oï si bele joie,
Ne mes ne cuit que nus hon l'oie,
475 Se il ne va oïr celi
Qui tant me plot et abeli
Que je m'an dui por fol tenir.
Tant i fui que j'oï venir
Chevaliers, ce me fu avis —
480 Bien cuidai que il fussent dis:
Tel noise et tel fraint demenoit
Uns seus chevaliers qui venoit.
Quant je le vi tot seul venant,
Mon cheval restrains maintenant
485 N'au monter demore ne fis;
Et cil come mautalantis

Vint plus tost qu'uns alerions,   [485.
Fiers par sanblant come lions:
De si haut com il pot criër,
490 Me comança a desfiër
  Et dist: „Vassaus, mout m'avez fet
Sanz desfiance honte et let.
Desfiër me deüssiez vos
S'il eüst querele antre nos,
495 Ou au mains droiture requerre
Einz que vos me meüssiez guerre.
Mes se je puis, sire vassaus,
Sor vos retornera li maus
Del domage qui est paranz;
500 Anviron moi est li garanz
De mon bois qui est abatuz.
Plaindre se doit qui est batuz:
Et je me plaing, si ai reison,
Que vos m'avez de ma meison
505 Chacié a foudrë et a pluie.
Fet m'avez chose qui m'enuie
Et dahez et, cui ce est bel;
Qu'an mon bois et an mon chastel
M'avez feite tel anvaïe,
510 Que mestier ne m'eüst aïe
De jant ne d'armes ne de mur.
Onques n'i ot home a seür
An forteresce qui i fust
De dure pierre ne de fust.
515 Mes sachiez bien que des or mes
N'avroiz de moi triues ne pes."
A cest mot nos antrevenimes,
Les escuz anbraciez tenimes,
Si se covri chascuns del suen.
520 Li chevaliers ot cheval buen
Et lance roide et fu sanz dote
Plus granz de moi la teste tote.
Einsi del tot a meschief fui,
Que je fui plus petiz de lui

525   Et ses chevaus plus forz del mien.   [523.
       Parmi le voir, ce sachiez bien,
       M'an vois por ma honte covrir.
       Si grant cop con je poi ferir
       Li donai, qu'onques ne m'an fains,
530   El conble de l'escu l'atains,
       S'i mis tres tote ma puissance
       Si qu'an pieces vola ma lance;
       Et la soe remest antiere,
       Qu'ele n'estoit mie legiere,
535   Einz iert plus grosse au mien cuidier
       Que nule lance a chevalier;
       Qu'einz nule si grosse ne vi.
       Et li chevaliers me feri
       Si roidemant que del cheval
540   Parmi la crope contre val
       Me mist a la terre tot plat,
       Si me leissa honteus et mat,
       Qu'onques puis ne me regarda;
       Mon cheval prist et moi leissa,
545   Si se mist arriere a la voie.
       Et je qui mon roi ne savoie
       Remés angoisseus et pansis.
       Delez la fontainne m'asis
       Un petit, si me reposai.
550   Le chevalier siure n'osai,
       Que folie feire dotasse.
       Et se je bien siure l'osasse,
       Ne soi je que il se devint.
       An la fin volantez me vint
555   Qu'a mon oste covant tandroie
       Et que par lui m'an revandroie.
       Einsi me plot, einsi le fis;
       Mes jus mes armes totes mis
       Por aler plus legieremant,
560   Si m'an reving honteusemant.
       Quant je ving la nuit a l'ostel,
       Trovai mon oste tot autel,

Aussi lié et aussi cortois,   [561.
Come j'avoie fet einçois.
565 Onques de rien ne m'aparçui
Ne de sa fille ne de lui,
Que mains volantiers me veïssent
Ne que mains d'enor me feïssent
Qu'il avoient fet l'autre nuit.
570 Grant enor me porterent tuit,
Les lor merciz, an lor meison
Et disoient qu'onques mes hon
N'iert eschapez, que il seüssent
Ne qu'il oï dire l'eüssent,
575 De la don j'estoie venuz,
Que n'i fust morz ou retenuz.
Einsi alai, einsi reving,
Au revenir por fol me ting.
Si vos ai conté come fos
580 Ce qu'onques mes conter ne vos."
„PAR mon chief", dist mes sire Yvains,
„Vos estes mes cosins germains,
Si nos devons mout antramer;
Mes de ce vos puis fol clamer
585 Quant vos le m'avez tant celé.
Se je vos ai fol apelé,
Je vos pri qu'il ne vos an poist.
Car se je puis et il me loist,
J'irai vostre honte vangier."
590 „Bien pert qu'or est aprés mangier."
Fet Keus qui teire ne se pot.
„Plus a paroles an plain pot
De vin qu'an un mui de cervoise.
L'an dit que chaz saous s'anvoise.
595 Aprés mangier sanz remuër
Va chascuns Noradin tuër,
Et vos iroiz vangier Forré!
Sont vostre panel anborré
Et voz chauces de fer froiiees
600 Et voz banieres desploiiees?

Or tost, por Deu, mes sire Yvain,   [599.
Movroiz vos anuit ou demain?
Feites le nos savoir, biaus sire,
Quant vos iroiz a cest martire;
605 Que nos vos voudrons convoiier.
N'i avra prevost ne voiier
Qui volantiers ne vos convoit.
Et je vos pri, comant qu'il soit,
N'an alez pas sanz noz congiez;
610 Et se vos anquenuit songiez
Mauvés songe, si remanez!"
„Deable! Estes vos forsenez,
Mes sire Keus", fet la reïne,
„Que vostre langue onques ne fine?
615 La vostre langue soit honie,
Que tant i a d'escamonie!
Certes, vostre langue vos het,
Que tot le pis que ele set
Dit a chascun, qui que il soit.
620 Langue qui onques ne recroit
De mal dire soit maleoite!
La vostre langue si esploite
Qu'ele vos fet par tot haïr.
Miauz ne vos puet ele traïr.
625 Bien sachiez: je l'apeleroie
De traïson s'ele estoit moie.
Home qu'an ne puet chastiier
Devroit an au mostier liier
Come desvé devant les prosnes."
630 „Certes, dame, de ses ranposnes"
Fet mes sire Yvains, „ne me chaut.
Tant set et tant puet et tant vaut
Mes sire Keus an totes corz,
Qu'il n'i iert ja muëz ne sorz.
635 Bien set ancontre vilenie
Respondre san et corteisie,
N'il ne fist onques autremant.
Or savez vos bien se je mant;

Mes je n'ai cure de tancier   [637.
640 Ne de folie ancomancier;
Que cil ne fet pas la meslee,
Qui fiert la premiere colee,
Einz la fet cil qui se revange.
Bien tanceroit a un estrange
645 Cil qui tance a son conpaignon.
Ne vuel pas sanbler le gaignon
Qui se hericë et regringne
Quant autre mastins le rechingne."

QUE que il parloient einsi,
650 Li rois fors de la chanbre issi,
Ou il ot fet longue demore,
Que dormi ot jusqu'a cele ore.
Et li baron quant il le virent,
Tuit an piez contre lui saillirent,
655 Et il toz raseoir les fist.
Delez la reïne s'asist,
Et la reïne maintenant
Les noveles Calogrenant
Li reconta tot mot a mot,
660 Que bien et bel conter li sot.
Li rois les oï volantiers
Et fist trois seiremanz antiers
L'ame Uterpandragon son pere
Et la son fil et la sa mere,
665 Qu'il iroit veoir la fontainne,
Ja einz ne passeroit quinzainne,
Et la tanpeste et la mervoille
Si que il i vandra la voille
Mon seignor saint Jehan Batiste
670 Et s'i prandra la nuit son giste,
Et dit que avuec lui iront
Tuit cil qui aler i voudront.
De ce que li rois devisa
Tote la corz miauz l'an prisa,
675 Car mout i voloient aler
Li baron et li bacheler.

Mes qui qu'an soit liez et joianz,   [675.
Mes sire Yvains an fu dolanz,
Qu'il i cuidoit aler toz seus,
680 S'an fu dolanz et angoisseus
Del roi qui aler i devoit.
Por ce solemant li grevoit
Qu'il savoit bien que la bataille
Avroit mes sire Keus sanz faille
685 Einz que il, — s'il la requeroit,
Ja veee ne li seroit, —
Ou mes sire Gauvains meïmes
Espoir la demanderoit primes.
Se nus de cez deus la requiert,
690 Ja contredite ne li iert.
Mes il ne les atandra mie,
Qu'il n'a soing de lor conpaignie,
Einçois ira toz seus son vuel
Ou a sa joie ou a son duel;
695 Et qui que remaingne a sejor,
Il viaut estre jusqu'a tierz jor
An Broceliande et querra,
Se il puet, tant qu'il trovera
L'estroit santier tot boissoneus,
700 Que trop an est cusançoneus,
Et la lande et la meison fort
Et le solaz et le deport
De la cortoise dameisele
Qui tant est avenanz et bele,
705 Et le prodome avuec sa fille,
Qui an enor feire s'essille,
Tant est frans et de buene part.
Puis verra les tors an l'essart
Et le grant vilain qui les garde.
710 Li veoirs li demore et tarde
Del vilain qui tant par est lez,
Granz et hideus et contrefez
Et noirs a guise de ferron.
Puis verra, s'il puet, le perron

2*

715 Et la fontainne et le bacin   [713.
Et les oisiaus desor le pin,
Si fera plovoir et vanter.
Mes il ne s'an quiert ja vanter,
Ne ja son vuel nus nel savra
720 Jusqu'a tant que il an avra
Grant honte ou grant enor eüe,
Puis si soit la chose seüe.

MES sire Yvains de la cort s'anble
Si qu'a nul home ne s'asanble,
725 Mes seus vers son ostel s'an va.
Tote sa mesniee trova,
Si comanda metre sa sele
Et un suen escuiier apele,
Cui il ne celoit nule rien.
730 „Di va“, fet il „aprés moi vien
La fors et mes armes m'aporte!
Je m'an istrai par cele porte
Sor mon palefroi tot le pas.
Garde ne demorer tu pas,
735 Qu'il me convient mout loing errer.
Et mon cheval fai bien ferrer,
Si l'amainne tost aprés moi,
Puis ramanras mon palefroi.
Mes garde bien, je te comant,
740 S'est nus qui de moi te demant,
Que ja novele ne l'an dies.
Se tu de rien an moi te fies,
Ja mar t'i fiëroies mes.“
„Sire“, fet il, „il an iert pes,
745 Que ja par moi nus nel savra.
Alez! que je vos siurai ja.“

MES sire Yvains maintenant monte,
Qui vangera, s'il puet, la honte
Son cosin einz que il retort.
750 Li escuiiers as armes cort
Et au cheval, si monta sus,
Que de demore n'i ot plus,

Qu'il n'i failloit ne fers ne clos. [751.
Son seignor siut toz les esclos
755 Tant que il le vit desçandu,
Qu'il l'avoit un po atandu
Loing del chemin an un destor.
Tot son hernois et son ator
Ot aporté, si l'atorna.
760 Mes sire Yvains ne sejorna,
Puis qu'armez fu, ne tant ne quant,
Einçois erra chascun jor tant
Par montaingnes et par valees
Et par forez longues et lees,
765 Par leus estranges et sauvages,
Et passa mainz felons passages
Et maint peril et maint destroit
Tant qu'il vint au santier tot droit
Plain de ronces et d'oscurté,
770 Et lors fu il a seürté,
Qu'il ne pooit mes esgarer.
Qui que le doie conparer,
Ne finera tant que il voie
Le pin qui la fontainne onbroie
775 Et le perron et la tormante
Qui gresle et pluet et tone et vante.
La nuit ot, ce poez savoir,
Tel ostel com il vost avoir;
Car plus de bien et plus d'enor
780 Trova assez el vavassor
Qu'an ne li ot conté ne dit,
Et an la pucele revit
De san et de biauté çant tanz
Que n'ot conté Calogrenanz;
785 Qu'an ne puet pas dire la some
De buene dame et de prodome.
Des qu'il s'atorne a grant bonté,
Ja n'iert tot dit ne tot conté;
Que langue ne porroit retreire
790 Tant d'enor con prodon set feire.

Mes sire Yvains cele nuit ot   [789.
Mout buen ostel et mout li plot,
Et vint es essarz l'andemain,
Si vit les tors et le vilain
795 Qui la voie li anseigna;
Mes plus de çant foiz se seigna
De la mervoille que il ot,
Comant Nature feire sot
Oevre si leide et si vilainne.
800 Puis erra jusqu'a la fontainne,
Si vit quanqu'il voloit veoir.
Sanz arester et sanz seoir
Versa sor le perron de plain
De l'iaue le bacin tot plain.
805 Et maintenant vanta et plut
Et fist tel tans con feire dut.
Et quant Deus redona le bel,
Sor le pin vindrent li oisel
Et firent joie merveilleuse
810 Sor la fontainne perilleuse.
Einz que la joie fust remese,
Vint d'ire plus ardanz que brese
Li chevaliers a si grant bruit
Con s'il chaçast un cerf de ruit.
815 Et maintenant qu'il s'antrevirent,
S'antrevindrent et sanblant firent
Qu'il s'antrehaïssent de mort.
Chascuns ot lance roide et fort,
Si s'antredonent si granz cos
820 Qu'andeus les escuz de lor cos
Percent et les haubers deslicent,
Les lances fandent et esclicent,
Et li tronçon volent an haut.
Li uns l'autre a l'espee asaut,
825 Si ont au chaple des espees
Les guiges des escuz coupees
Et les escuz dehachiez toz
Et par desus et par desoz

Si que les pieces an depandent,   [827.
830 N'il ne s'an cuevrent ne defandent;
Car si les ont harigotez *plush lf'm*
Qu'a delivre sor les costez
Et sor les braz et sor les hanches
Se fierent des espees blanches.
835 Felenessemant s'antrespruevent,
N'onques d'un estal ne se muevent
Ne plus que feïssent dui gres. *ж..*
Einz dui chevalier si angrés *w...*   *D...*
Ne furent de lor mort haster.
840 N'ont cure de lor cos gaster,
Qu'au miauz qu'il pueent les anploient,
smash in Les hiaumes anbuingnent et ploient *...*
Et des haubers les mailles volent
Si que del sanc assez se tolent; *...*
845 Car d'aus meïsmes sont si chaut
Li hauberc que li suens ne vaut
A chascun gueires plus d'un froc. *frock*
Anz el vis se fierent d'estoc, *thrust with...*
S'est mervoille comant tant dure
850 Bataille si fiere et si dure;
Mes andui sont de si grant cuer
Que li uns por l'autre a nul fuer *...*
De terre un pié ne guerpiroit *...*
Se jusqu'a mort ne l'anpiroit. *...*
855 Et de ce firent mout que preu
Qu'onques lor chevaus an nul leu
for they did not Ne ferirent ne maheignierent, *main*
wish to Qu'il ne vostrent ne ne deignierent;
Mes toz jorz a cheval se tindrent,
860 Que nule foiz a pié ne vindrent,
S'an fu la bataille plus bele.
An la fin son hiaume escartele
Au chevalier mes sire Yvains.
Del cop fu estordiz et vains *...*
865 Li chevaliers, si s'esmaia,
Qu'einz si felon cop n'essaia;

Qu'il li ot desoz le chapel   [865.
Le chief fandu jusqu'al cervel
Si que del cervel et del sanc
870 Taint la maille del hauberc blanc,
Don si tres grant dolor santi
Qu'a po li cuers ne li manti.
S'adonc foï, n'ot mie tort,
Qu'il se santi navrez a mort;
875 Car riens ne li vaussist defanse.
Si tost s'an fuit com il s'apanse
Vers son chastel toz esleissiez,
Et li ponz li fu abeissiez
Et la porte overte a bandon,
880 Et mes sire Yvains de randon,
Quanqu'il puet, aprés esperone.
Si con girfauz grûe randone,
Qui de loing muet, et tant l'aproche
Qu'il la cuide prandre et n'i toche:
885 Einsi fuit cil et cil le chace
Si pres qu'a po qu'il ne l'anbrace
Et si ne le par puet ataindre
Et s'est si pres que il l'ot plaindre
De la destresce que il sant;
890 Mes toz jorz au foïr antant,
Et cil del chacier s'esvertue,
Qu'il crient sa painne avoir perdue
Se mort ou vif ne le detient;
Que des ranposnes li sovient
895 Que mes sire Keus li ot dites.
N'iert pas de la promesse quites
Que son cosin avoit promise,
Ne creüz n'iert an nule guise
S'ansaingne veraie n'an porte.
900 A esperon jusqu'a la porte
De son chastel l'an a mené,
Si sont anz anbedui antré,
N'ome ne fame ne troverent
Es rues, par ou il passerent,

905   Et vindrent anbedui d'eslés   [903.
        Jusqu'a la porte del palés.
        LA porte fu mout haute et lee,
          Si avoit si estroite antree
        Que dui home ne dui cheval
910   Sanz anconbrier et sanz grant mal
        N'i poïssent ansanble antrer
        N'anmi la porte antrancontrer;
        Qu'ele estoit tot autresi feite
        Con l'arbaleste qui agueite
915   Le rat quant il vient au forfet,
        Et l'espee est an son aguet
        Desus, qui tret et fiert et prant,
        Qu'ele eschape lués et destant
        Que riens nule adoise a la clef,
920   Ja n'i tochera si soef.
        Einsi desoz la porte estoient
        Dui trabuchet qui sostenoient
        A mont une porte colant
        De fer esmolue et tranchant.
925   Se riens sor cez engins montoit,
        La porte d'amont desçandoit,
        S'estoit pris et debachiez toz
        Cui la porte ateignoit desoz.
        Et tot an mi a droit conpas
930   Estoit si estroiz li trespas
        Con se fust uns santiers batuz.
        El droit chemin s'est anbatuz
        Li chevaliers mout sagemant,
        Et mes sire Yvains folemant
935   Hurte grant aleüre aprés,
        Si le vint ateignant si pres
        Qu'a l'arçon deriere le tint.
        Et de ce mout bien li avint
        Qu'il se fu avant estanduz.
940   Toz eüst esté porfanduz
        Se ceste avanture ne fust;
        Que li chevaus marcha le fust.

Qui tenoit la porte de fer.   [941.
Aussi con deables d'anfer
945 Desçant la porte contre val,
S'ataint la sele et le cheval
Deriere et tranche tot par mi;
Mes ne tocha, la Deu merci,
Mon seignor Yvain mes que tant,
950 Qu'au res del dos li vint reant
Si qu'anbedeus les esperons
Li trancha au res des talons.
Et il cheï toz esmaiiez,
Et cil qui iert a mort plaiiez
955 Li eschapa an tel meniere.
Une autel porte avoit deriere
Come cele devant estoit.
Li chevaliers qui s'an aloit
Par cele porte s'an foï
960 Et la porte aprés lui cheï.
Einsi fu mes sire Yvains pris
Mout angoisseus et antrepris
[Remest dedanz la sale anclos
Qui tote estoit celee a clos
965 Dorez et paintes les meisieres
De buene oevre et de colors chieres];
Mes de rien si grant duel n'avoit
Con de ce que il ne savoit
Quel part cil an estoit alez.
970 D'une chanbrete iluec delez
Oï ovrir un huis estroit,
Que que il iert an cel destroit;
S'an issi une dameisele
Sole, mout avenanz et bele,
975 Et l'uis aprés li referma.
Quant mon seignor Yvain trova,
Si l'esmaia mout de premiers.
„Certes“, fet ele, „chevaliers!
Je criem que mal soiiez venuz.
980 Se vos estes ceanz veüz,

Vos i seroiz toz despeciez.　　　　　　[979.
Car mes sire est a mort bleciez,
Et bien sai que vos l'avez mort.
Ma dame an fet un duel si fort
985　Et ses janz anviron li crïent
Qui par po de duel ne s'ocïent,
Si vos sevent il bien ceanz;
Mes antr'aus est li diaus si granz
Que il n'i pueent or antandre.
990　S'il vos vuelent ocirre ou prandre,
A ce ne pueent il faillir
Quant il vos vandront asaillir."
Et mes sire Yvains li respont:
„Ja, se Deu plest, ne m'ocirront
995　Ne ja par aus pris ne serai."
„Non", fet ele, „car j'an ferai
Avuec vos ma puissance tote.
N'est mie prodon qui trop dote.
Por ce cuit que prodon soiiez,
1000　Que n'estes pas trop esmaiiez.
Et sachiez bien, se je pooie,
Servise et enor vos feroie;
Que vos la feïstes ja moi.
Une foiz a la cort le roi
1005　M'anvoia ma dame an message,
Espoir si ne fui pas si sage,
Si cortoise ne de tel estre
Come pucele deüst estre;
Mes onques chevalier n'i ot
1010　Qu'a moi deignast parler un mot
Fors vos tot seul qui estes ci;
Mes vos, la vostre grant merci,
M'i enorastes et servistes.
De l'enor que la me feïstes
1015　Vos randrai ci le guerredon.
Bien sai comant vos avez non
Et reconeü vos ai bien:
Fiz estes au roi Uriien

Et avez non mes sire Yvains.   [1017.
1020 Or soiiez seürs et certains
Que ja se croire me volez
Ne seroiz pris ne afolez.
Et cest mien anelet prandroiz
Et s'il vos plest sel me randroiz
1025 Quant je vos avrai delivré."
Lors li a l'anelet livré,
Si li dist qu'il avoit tel force
Com a desor le fust l'escorce
Qui le cuevre, qu'an n'an voit point;
1030 Mes il covient que l'an l'anpoint
Si qu'el poing soit la pierre anclose,
Puis n'a garde de nule chose
Cil qui l'anel an son doi a;
Que ja veoir ne le porra
1035 Nus hon, tant et les iauz overz,
Ne que le fust qui est coverz
De l'escorce qui sor lui nest.
Ice mon seignor Yvain plest,
Et quant ele li ot ce dit,
1040 Sel mena seoir an un lit
Covert d'une coute si riche
Qu'einz n'ot tel li dus d'Osteriche,
Et li dist que se il voloit
A mangier li aporteroit,
1045 Et il dist que li estoit bel.
La dameisele cort isnel
An sa chanbre et revint mout tost,
S'aporta un chapon an rost
Et un gastel et une nape
1050 Et vin qui fu de buene grape,
Plain pot d'un blanc henap covert,
Si li a a mangier ofert:
Et cil cui il estoit mestiers
Manja et but mout volantiers.
1055 QUANT il ot mangié et beü,
Par leanz furent esmeü

Li chevalier qui le queroient,   [1055.
Qui lor seignor vangier voloient,
Qui ja estoit an biere mis.
1060 Et cele li a dit: „Amis!
Oëz qu'il vos quierent ja tuit?
Mout i a grant noise et grant bruit:
Mes qui que vaingne ne qui voise,
Ne vos movez ja por la noise,
1065 Que vos n'i seroiz ja trovez
Se de cest lit ne vos movez.
Ja verroiz plainne ceste sale
De jant mout enuieuse et male
Qui trover vos i cuideront,
1070 Et si cuit qu'il aporteront
Par ci le cors por metre an terre,
Si vos comanceront a querre
Et desoz bans et desoz liz.
Ce seroit solaz et deliz
1075 A home qui peor n'avroit
Quant jant si avugle verroit;
Qu'il seront tuit si avuglé,
Si desconfit, si' desjuglé
Que il esrageront tuit d'ire.
1080 Je ne vos sai or plus que dire
Ne je n'i os plus demorer.
Mes Deu puisse je aorer
Qui m'a doné le leu et l'eise
De feire chose qui vos pleise;
1085 Que mout grant talant an avoie."
Lors s'est arriers mise a la voie
Et quant ele s'an fu tornee,
Fu tote la janz aünee
Qui de deus parz as portes vindrent
1090 Et bastons et espees tindrent,
S'i ot mout grant fole et grant presse
De jant felenesse et angresse,
Et virent del cheval tranchié
Devant la porte la meitié.

1095 Lors cuidoient bien estre cert,   [1093.
     Quant li huis seroient overt,
     Que dedanz celui troveroient
     Que il por ocirre queroient.
     Puis firent treire a mont les portes,
1100 Par quoi maintes janz furent mortes;
     Mes il n'i ot a celui triege
     Tandu ne trebuchet ne piege,
     Einz i antrerent tuit de front.
     Et l'autre meitié trovee ont
1105 Del cheval mort delez le suel;
     Mes onques antr'aus n'orent oel
     Don mon seignor Yvain veïssent,
     Que mout volantiers oceïssent,
     Et il les veoit esragier
1110 Et forsener et correcier.
     Et disoient: „Ce que puet estre?
     Que ceanz n'a huis ne fenestre,
     Par ou riens nee s'an alast,
     Se ce n'iert oisiaus qui volast
1115 Ou escuriaus ou cisemus
     Ou beste aussi petite ou plus;
     Que les fenestres sont ferrees
     Et les portes furent fermees
     Des que mes sire an issi fors.
1120 Morz ou vis est ceanz li cors,
     Que la fors ne remest il mie:
     La sele assez plus que demie
     Est ça dedanz, ce veons bien,
     Ne de lui ne veomes rien
1125 Fors que les esperons tranchiez,
     Qui li cheïrent de ses piez.
     Or del cerchier par toz cez angles,
     Si leissomes ester cez jangles!
     Qu'ancor est il ceanz, ce cuit,
1130 Ou nos somes anchanté tuit.
     Ou tolu le nos ont maufé."
     Einsi trestuit d'ire eschaufé

Parmi la sale le queroient   [1131.
Et parmi les paroiz feroient
1135 Et parmi liz et parmi bans;
Mes des cos fu quites et frans
Li liz ou il s'estoit couchiez,
Qu'il n'i fu feruz ne tochiez;
Mes assez ferirent an tor
1140 Et mout randirent grant estor
Par tot leanz de lor bastons
Com avugles qui a tastons
Vet aucune chose cerchant.
Que qu'il aloient reverchant
1145 Desoz liz et desoz eschames,
Vint une des plus beles dames
Qu'onques veïst riens terriiene.
De si tres bele crestiiene
Ne fu onques plez ne parole,
1150 Mes de duel feire estoit si fole
Qu'a po qu'ele ne s'ocioit.
A la foiiee s'escrioit
Si haut qu'ele ne pooit plus
Et recheoit pasmee jus.
1155 Et quant ele estoit relevee,
Aussi come fame desvee
Se comançoit a descirer
Et ses chevos a detirer.
Ses chevos tire et ront ses dras,
1160 Si se repasme a chascun pas,
Ne riens ne la puet conforter,
Que son seignor an voit porter
Devant li an la biere mort,
Don ja ne cuide avoir confort.
1165 Por ce crioit a haute voiz.
L'iaue beneoite et la croiz
Et li cierge aloient devant
Avuec les dames d'un covant
Et li texte et li ançansier
1170 Et li clerc qui sont despansier

De feire la haute despanse,   [1169.
A quoi la cheitive ame panse.
MES sire Yvains oï les criz
    Et le duel qui ja n'iert descriz.
1175 [Que nus ne le porroit descrivre
Ne teus ne fu escriz an livre.]
Et la processions passa,
Mes anmi la sale amassa
Antor la biere uns granz toauz;
1180 Que li sans chauz, clers et vermauz
Rissi au mort parmi la plaie,
Et ce fu provance veraie
Qu'ancor estoit leanz sanz faille
Cil qui feite avoit la bataille
1185 Et qui l'avoit mort et conquis.
Lors ont par tot cerchié et quis
Et reverchié et remüé
Tant que tuit furent tressüé
Et de l'angoisse et del tooil
1190 Qu'il orent por le sanc vermoil
Qui devant aus fu degotez,
Si fu mout feruz et botez
Mes sire Yvains la ou il jut
N'onques por ce ne se remut.
1195 Et les janz plus et plus desvoient
Por les plaies qui escrevoient,
Si se mervoillent, por quoi saingnent,
Ne ne sevent, a quoi s'an praingnent.
Et dit chascuns et cist et cist:
1200 „Antre nos est cil qui l'ocist,
Ne nos ne le veomes mie,
Ce est mervoille et deablie."
Por ce tel duel par demenoit
La dame qu'ele s'ocioit
1205 Et crioit come fors del san:
„Ha! Deus! don ne trovera l'an
L'omecide, le traïtor,
Qui m'a ocis mon buen seignor?

Buen? Voire le meillor des buens!   [1207.
1210 Voirs Deus, li torz an sera tuens
S'einsi le leisses eschaper.
Autrui que toi n'an doi blasmer,
Que tu le m'anbles a veüe.
Einz teus force ne fu veüe
1215 Ne si lez torz con tu me fes,
Que nes veoir tu ne me les
Celui qui si est pres de moi.
Bien puis dire, quant je nel voi,
Que antre nos s'est coanz mis
1220 Ou fantosmes ou anemis,
S'an sui anfantosmee tote.
Ou il est coarz, si me dote:
Coarz est il quant il me crient;
De grant coardise li vient
1225 Quant devant moi mostrer ne s'ose.
Ha! fantosmes, coarde chose!
Por qu'es vers moi acoardie
Quant vers mon seignor fus hardie?
Chose vainne, chose faillie,   [1228.
1230 Que ne t'ai or an ma baillie!   [1227.
Que ne te puis ore tenir!
Mes ce comant pot avenir
Que tu mon seignor oceïs
S'an traïson ne le feïs?
1235 Ja voir par toi conquis ne fust
Mes sire, se veü t'eüst;
Qu'el monde son paroil n'avoit
Ne Deus ne hon ne l'i savoit,
N'il n'an i a mes nul de teus.
1240 Certes, se tu fusses morteus,
N'osasses mon seignor atandre,
Qu'a lui ne se pooit nus prandre."
EINSI la dame se debat,
Einsi tot par li se conbat,
1245 Einsi tot par li se confont.
Et ses janz avuec li refont

Si grant duel que greignor ne pueent, [1245.
Le cors an portent, si l'anfueent;
Et tant ont quis et tribolé
1250 Que del querre sont tuit lassé,
Si le leissent tuit par enui,
Quant ne pueent veoir nelui
Qui de rien an face a mescroire.
Et les nonains et li provoire
1255 Orent ja fet tot le servise,
Repeirié furent de l'iglise
Et venu sor la sepouture.
Mes de tot ice n'avoit cure
La dameisele de la chanbre.
1260 De mon seignor Yvain li manbre,
S'est a lui venue mout tost
Et dist: „Biaus sire, a mout grant ost
A sor vos ceste janz esté.
Mout ont par ceanz tanpesté
1265 Et reverchiez toz cez quachez
Plus menuëmant que brachez
Ne va traçant perdriz ou caille.
Peor avez eü sanz faille.“
„Par foi“, fet il, „vos dites voir!
1270 Ja ne cuidai si grant avoir.
Et neporquant, s'il pooit estre,
Ou par pertuis ou par fenestre
Verroie volantiers la fors
La procession et le cors.“
1275 Mes il n'avoit antancion
N'au cors n'a la procession,
Qu'il vossist qu'il fussent tuit ars,
Si li eüst costé mil mars.
Mil mars? Voire par foi, trois mile.
1280 Mes por la dame de la vile
Que il voloit veoir le dist.
Et la dameisele le mist
A une fenestre petite.
Quanqu'ele puet, vers lui s'aquite

1285 De l'enor qu'il li avoit feite.   [1283.
Parmi cele fenestre agueite
Mes sire Yvains la bele dame
Qui dist: „Sire, de la vostre ame
Et Deus merci si voiremant
1290 Com onques au mien esciant
Chevaliers sor sele ne sist
Qui de rien nule vos vaussist!
De vostre enor, biaus sire chiers,
Ne fu onques nus chevaliers
1295 Ne de la vostre cortoisie.
Largesce estoit la vostre amie
Et hardemanz vostre conpainz.
An la conpaignie des sainz
Soit la vostre ame, biaus douz sire."
1300 Lors se dehurte et se descire
Trestot quanque as mains li vient.
A mout grant painne se detient
Mes sire Yvains, a quoi que tort,
Que les mains tenir ne li cort.
1305 Mes la dameisele li prie
Et loe et comande et chastie
Come cortoise et de bon'eire
Qu'il se gart de folie feire,
Et dit: „Vos estes ci mout bien.
1310 Ne vos movez por nule rien
Tant que cist diaus soit abeissiez,
Et cez janz departir leissiez,
Qu'il se departiront par tans.
Se vos contenez a mon sans
1315 Si con je vos lo contenir,
Granz biens vos an porra venir.
Ci poez ester et seoir
Et anz et fors les janz veoir
Qui passeront parmi la voie,
1320 Ne ja n'iert nus qui ci vos voie,
Si i avroiz grant avantage;
Mes gardez vos de dire outrage.

3*

[Car qui se desroie et sormainne [1321.
Et d'outrage feire se painne
Quant il an a et eise et leu,
Je l'apel plus mauvés que preu.]
Gardez se vos pansez folie
Que por ce ne la dites mie.
1325 Li sages son fol pansé cuevre
Et met s'il puet le bien a oevre.
Or vos gardez donc come sages
Que n'i metez la teste an gages,
Que l'an n'an prandroit reançon.
1330 Soiiez por vos an cusançon
Et de mon consoil vos sovaingne!
Soiiez an pes tant que je vaingne;
Que je n'os ci plus arester.
Je porroie tant demorer
1335 Espoir que l'an me mescrerroit
Por ce que l'an ne me verroit
Avuec les autres an la presse,
S'an prandroie male confesse."
A tant s'an part et cil remaint,
1340 Qui ne set comant se demaint.
Del cors qu'il voit que l'an anfuet
Li poise quant avoir n'an puet
Aucune chose qu'il an port
Tesmoing qu'il l'a conquis et mort,
1345 Que mostrer puisse an aparant. [1348.
S'il n'an a tesmoing et garant, [1347.
Donc est il honiz an travers.
Tant par est Keus fel et pervers,
Plains de ranposnes et d'enui,
1350 Que ja mes ne garroit a lui;
Toz jorz mes l'iroit afitant
Et gas et ranposnes gitant
Aussi com il fist l'autre jor.
Celes ranposnes a sejor
1355 Li sont el cuer batanz et fresches.
Mes de son çucre et de ses bresches

Li radoucist novele Amors   [1359.
Qui par sa terre a fet son cors,
S'a tote sa proie acoillie.
1360 Son cuer an mainne s'anemie,
S'aimme la rien qui plus le het.
Bien a vangiee, et si nel set,
La dame la mort son seignor.
Vanjance an a prise greignor
1365 Qu'ele prandre ne l'an seüst,
S'Amors vangiee ne l'eüst,
Qui si doucemant le requiert
Que par les iauz el cuer le fiert.
Et cist cos a plus grant duree
1370 Que cos de lance ne d'espee.
Cos d'espee garist et sainne
Mout tost des que mires i painne:
Et la plaie d'Amors anpire
Quant ele est plus pres de son mire.
1375 Cele plaie a mes sire Yvains,
Don il ne sera ja mes sains;
Qu'Amors s'est tote a lui randue.
Les leus ou ele iert espandue
Va reverchant et si s'an oste.
1380 Ne viaut avoir ostel ne oste
Se cestui non, et que preuz fet
Quant de mauvés leu se retret
Por ce qu'a lui tote se doint.
Ne viaut qu'aillors et de li point;
1385 Si cerche toz les vius osteus;
S'est granz honte qu'Amors est teus
Et quant ele si mal se prueve
Qu'an tot le plus vil qu'ele trueve
Se herberge tot aussi tost
1390 Com an tot le meillor de l'ost.
Mes or est ele bien venue,
Ci iert ele a enor tenue
Et ci li fet buen demorer.
Einsi se devroit atorner

1395 Amors qui si est haute chose   [1397.
     Que mervoille est, comant ele ose
     De honte an si vil leu desçandre.
     Celui sanble qui an la çandre
     Et an la poudre espant son basme
1400 Et het enor et aimme blasme
     Et destanpre çucre de fiel
     Et mesle suie avueques miel.
     Mes or n'a ele pas fet ceu,
     Einz est logiee an un franc leu,
1405 Don nus ne li puet feire tort. —
     Quant an ot anfoï le mort,
     S'an partirent totes les janz.
     Clers ne chevaliers ne serjanz
     Ne dame n'i remest que cele
1410 Qui sa dolor mie ne cele.
     Mes cele i remaint tote sole
     Qui sovant se prant a la gole
     Et tort ses poinz et bat ses paumes
     Et list en un sautier ses saumes
1415 Anluminé a letres d'or.
     Et mes sire Yvains est ancor
     A la fenestre, ou il l'esgarde,
     Et com il plus s'an done garde,
     Plus l'aimme et plus li abelist.
1420 Ce qu'ele plore et qu'ele list
     Vossist qu'ele leissié eüst
     Et qu'a li parler li leüst.
     An cest voloir l'a Amors mis,
     Qui a la fenestre l'a pris;
1425 Mes de son voloir se despoire,
     Car il ne puet cuidier ne croire
     Que ses voloirs puisse avenir,
     Et dit: „Por fol me puis tenir
     Quant je vuel ce que ja n'avrai.
1430 Son seignor a mort li navrai,
     Et je cuit a li pes avoir?
     Par foi! ne cuit mie savoir,

Qu'ele me het plus or androit   [1435.
Que nule rien, et si a droit.
1435 D' „or androit" ai je dit que sages,
Que fame a plus de mil corages.
Celui corage qu'ele a ore
Espoir changera ele ancore,
Einz le changera sanz „espoir",
1440 Si sui fos quant je m'an despoir.
Et Deus li doint par tans changier!
Estre m'estuet an son dangier
Toz jorz mes des qu'Amors le viaut.
Qui Amor an gre ne requiaut
1445 Des que ele antor lui se tret,
Felenie et traïson fet.
Et je di (qui se viaut, si l'oie!),
Que n'an doit avoir bien ne joie.
Mes por ce ne perdrai je mie,
1450 Ancore amerai m'anemie;
Que je ne la doi pas haïr
Se je ne vuel Amor traïr.
Ce qu'Amors viaut doi je amer.
Et moi doit ele ami clamer?
1455 Oïl voir, por ce que je l'aim.
Et je m'anemie la claim,
Qu'ele me het, si n'a pas tort;
Que ce qu'ele amoit li ai mort.
E donc, sui je ses anemis?
1460 Nenil certes, mes ses amis,
Qu'onques rien tant amer ne vos.
Mout me poise des biaus chevos
Qui passent or, tant par reluisent:
D'ire m'angoissent et aguisent
1465 Quant je li voi ronpre et tranchier;
N'onques ne puent estanchier
Les lermes qui des iauz li chieent:
Totes cez choses me desieent
A tot ce qu'il sont plain de lermes
1470 Si que n'an est ne fins ne termes,

Ne furent onques si bel oel. [1473.
De ce qu'ele plore me duel,
Ne de rien n'ai si grant destresce
Con de son vis que ele blesce,
1475 Que ne l'eüst pas deservi.
Onques si bien taillié ne vi
Ne si fres ne si coloré.
Et ce me par a acoré
Que je li voi sa gorge estraindre.
1480 Certes ele ne se set faindre
Qu'au pis qu'ele puet ne se face,
Et nus cristaus ne nule glace
N'est si clere ne si polie.
Deus! por quoi fet si grant folie
1485 Et por quoi ne se blesce mains?
Por quoi detort ses beles mains
Et fiert son piz et esgratine?
Don ne fust ce mervoille fine
A esgarder s'ele fust liee,
1490 Quant ele est or si bele iriee?
Oïl voir, bien le puis jurer:
Onques mes si desmesurer
An biauté ne se pot Nature;
Que trespassee i a mesure,
1495 Ou ele espoir n'i ovra onques.
Comant poïst avenir donques?
Don fust si granz biautez venue?
Ja la fist Deus de sa main nue
Por Nature feire muser.
1500 Tot son tans i porroit user
S'ele la voloit contrefeire,
Que ja n'an porroit a chief treire.
Nes Deus, s'il s'an voloit pener,
N'i porroit, ce cuit, assener,
1505 Que ja mes une tel feïst
Por painne que il i meïst."
EINSI mes sire Yvains devise
Celi qui de duel se debrise,

Ne mes ne cuit qu'il avenist   [1511.

1510 Que nus hon qui prison tenist
[Tel con mes sire Yvains la tient
Qui de la teste perdre crient]
Amast an si fole meniere,
Don il ne fera ja proiiere

1515 Ne autres por lui, puet cel estre.
Tant fu iluec a la fenestre
Qu'il an vit la dame raler
Et que l'an ot fet avaler
Anbedeus les portes colanz.

1520 De ce fust uns autre dolanz,
Qui miauz amast sa delivrance
Qu'il ne feïst sa demorance.
Et il met autretant a oevre
Se l'an les clot, con s'an les oevre.

1525 Il ne s'an alast mie certes
Se eles li fussent overtes,
Ne se la dame li donast
Congié et si li pardonast
La mort son seignor buenemant,

1530 Si s'an alast seüremant;
Qu'Amors et Honte le detienent,
Qui de deus parz devant li vienent:
Il est honiz se il s'an va,
Que ce ne crerroit nus hon ja

1535 Qu'il eüst einsi esploitié.
D'autre part a tel coveitié
De la bele dame veoir
Au mains se plus n'an puet avoir,
Que de la prison ne li chaut;

1540 Morir viaut einz que il s'an aut.
Mes la dameisele repeire,
Qui li viaut conpaignie feire
Et solacier et deporter
Et porchacier et aporter

1545 Quanqu'il voudra a sa devise.
Mes de l'amor qu'an lui s'est mise

Le trova trespansé et vain,   [1549.
Si li a dit: „Mes sire Yvain,
Quel siegle avez vos hui eü?“
1550 „Tel“, fet il, „qui mout m'a pleü.“
„Pleü? Por Deu, dites vos voir?
Comant? Puet donc buen siegle avoir
Qui voit qu'an le quiert por ocirre,
S'il ne viaut sa mort et desirre?“
1555 „Certes“, fet il, „ma douce amie,
Morir ne voudroie je mie,
Et si me plot mout tote voie
Ce que je vi, se Deus me voie,
Et plest et pleira toz jorz mes.“
1560 „Or leissomes trestot an pes“,
Fet ele, „que bien sai antandre,
Ou ceste parole viaut tandre.
Ne sui si nice ne si fole
Que bien n'antande une parole;
1565 Mes or an venez aprés moi,
Que je prandrai prochain conroi
De vos giter fors de prison.
Bien vos metrai a garison,
S'il vos plest, anuit ou demain.
1570 Or an venez, je vos an main.“
Et il respont: „Soiiez certainne,
Je n'istrai de ceste semainne
An larrecin ne an anblee.
Quant la janz iert tote assanblee
1575 Parmi cez rues la defors,
Plus a enor m'an istrai lors,
Que je ne feroie nuitantre.“
A cest mot aprés li s'an antre
Dedanz la petite chanbrete.
1580 La dameisele qui fu brete
Fu de lui servir an espans,
Si li fist creance et despans
De tot quanque il li covint.
Et quant leus fu, bien li sovint

1585 De ce que il li avoit dit,   [1587.
     Que mout li plot ce que il vit,
     Quant par la sale le queroient
     Cil qui ocirre le voloient.
     LA dameisele estoit si bien
1590 De sa dame que nule rien
     A dire ne li redotast,
     A quoi que la chose tornast,
     Qu'ele estoit sa mestre et sa garde.
     Mes por quoi fust ele coarde
1595 De sa dame reconforter
     Et de s'enor amonester?
     La premiere foiz a consoil
     Li dist: „Dame, mout me mervoil,
     Que folemant vos voi ovrer.
1600 Cuidiez vos ore recovrer
     Vostre seignor por feire duel?“
     „Nenil“, fet ele, „mes mon vuel
     Seroie je morte d'enui.“
     „Por quoi?“ — „Por aler aprés lui.“
1605 „Aprés lui? Deus vos an defande
     Et aussi buen seignor vos rande
     Si com il est poesteïs.“
     „Einz tel mançonge ne deïs,
     Qu'il ne me porroit si buen randre.“
1610 „Meillor, se vos le volez prandre,
     Vos randra il, sel proverai.“
     „Fui! tes! Ja voir nel troverai.“
     „Si feroiz, dame, s'il vos siet.
     Mes or dites, si ne vos griet,
1615 Vostre terre qui defandra
     Quant li rois Artus i vandra,
     Qui doit venir l'autre semainne
     Au perron et a la fontainne?
     Ja an avez eü message
1620 De la Dameisele Sauvage
     Qui letres vos an anvea.
     Ahi! con bien les anplea.

Vos deüssiez or consoil prandre   [1625.
De vostre fontainne defandre,
1625 Et vos ne finez de plorer!
N'i eüssiez que demorer,
S'il vos pleüst, ma dame chiere;
Que certes une chanberiere
Ne valent tuit, bien le savez,
1630 Li chevalier que vos avez.
Ja par celui qui miauz se prise
N'an iert escuz ne lance prise.
De jant mauveise avez vos mout,
Mes ja n'i avra si estout
1635 Qui a cheval monter an ost;
Et li rois vient a si grant ost
Qu'il seisira tot sanz defanse."
La dame set mout bien et panse
Que cele la consoille an foi;
1640 Mes une folor a an soi
Que les autres fames i ont
Et a bien pres totes le font,
Que de lor folies s'ancusent
Et ce qu'eles vuelent refusent.
1645 „Fui", fet ele, „leisse m'an pes!
Se je t'an oi parler ja mes,
Ja mar feras mes que t'an fuies!
Tant paroles que trop m'enuies."
„A buen eür", fet ele, „dame!
1650 Bien i pert que vos estes fame,
Qui se corroce quant ele ot
Nelui qui bien feire li lot."
LORS s'an parti, si la leissa;
Et la dame se rapansa
1655 Qu'ele avoit mout grant tort eü.
Mout vossist bien avoir seü
Comant ele porroit prover
Qu'an porroit chevalier trover
Meillor qu'onques ne fu ses sire.
1660 Mout volantiers li orroit dire,

Mes ele li a defandu.   [1663.
An cest voloir a atandu
Jusqu'a tant que ele revint.
Mes onques defanse n'i tint,
1665 Einz li redit tot maintenant:
„Damë, est ce ore avenant
Que si de duel vos ociëz?
Por Deu, car vos an chastiëz,
Sel leissiez seviaus non de honte.
1670 A si haute dame ne monte
Que duel si longuemant maintaingne.
De vostre enor vos resovaingne
Et de vostre grant jantillesce!
Cuidiez vos que tote proesce
1675 Soit morte avuec vostre seignor?
Çant aussi buen et çant meillor
An sont remés parmi le monde."
„Se tu n'an manz, Deus me confonde!
Et neporquant un seul m'an nome,
1680 Qui et tesmoing de si prodome
Con mes sire ot tot son aé."
„Ja m'an savriiez vos mal gré,
Si vos an corroceriiez
Et m'an mesaesmeriiez."
1685 „Non ferai, je t'an asseür."
„Ce soit a vostre buen eür
Qui vos an est a avenir,
Se il vos venoit a pleisir,
Et Deus doint ce que il vos pleise!
1690 Ne voi rien por quoi je me teise,
Que nus ne nos ot ne escoute.
Vos me tandroiz ja por estoute,
Mes je dirai bien, ce me saüble,
Quant dui chevalier sont ansanble
1695 Venu as armes an bataille,
Li queus cuidiez vos qui miauz vaille,
Quant li uns a l'autre conquis?
Androit de moi doing je le pris

Au veinqueor. Et vos que feites?"   [1701.

1700   „Il m'est avis que tu m'agueites,
   Si me viaus a parole prandre."
   „Par foi! vos poez bien antandre
   Que je m'an vois parmi le voir,
   Et si vos pruis par estovoir
1705   Que miauz vaut icil qui conquist
   Vostre seignor, que il ne fist:
   Il le conquist et sel chaça
   Par hardemant an jusque ça
   Si qu'il l'anclost an sa meison."
1710   „Or oi", fet ele, „desreison
   La plus grant qui onques fust dite.
   Fui! plainne de mal esperite,   [1714.
   Fui! garce fole et enuieuse.   *
   Ne dire ja mes tel oiseuse,   *
1715   Ne ja mes devant moi ne vaingnes,   [1715.
   Por quoi de lui parole taingnes!"
   „Certes, dame, bien le savoie
   Que ja de vos gre n'an avroie.
   Et jel vos dis mout bien avant.
1720   Mes vos m'eüstes covenant
   Que mal gre ne m'an savriiez
   Ne ja ire n'an avriiez.
   Mal m'avez mon covant tenu,
   Si m'est or einsi avenu
1725   Que dit m'avez vostre pleisir,
   Si ai perdu un buen teisir."

A tant vers la chanbre retorne
   La ou mes sire Yvains sejorne,
   Cui ele garde a mout grant eise;
1730   Mes n'i a chose qui li pleise,
   Quant la dame veoir ne puet,
   Et del plet que cele li muet
   Ne se garde ne ne set mot.
   Mes la dame tote nuit ot
1735   A li meïsmes grant tançon,
   Qu'ele estoit an grant cusançon

'De sa fontainne garantir,
Si se comance a repantir
De celi qu'ele avoit blasmee
1740 Et leidie et mesaesmee;
Qu'ele est tote seüre et certe,
Que por loiier ne por deserte
Ne por amor que a lui et
Ne l'an mist ele onques an plet;
1745 Et plus aimme ele li que lui,
Ne sa honte ne son enui
Ne li loeroit ele mie;
Car trop est sa leaus amie.
Ez vos ja la dame changiee:
1750 De celi qu'ele ot leidangiee
Ne cuide ja mes a nul fuer
Qu'amer la doie de bon cuer,
Et celui qu'ele ot refusé
A mout leaumant escusé
1755 Par reison et par droit de plet,
Que ne li avoit rien forfet;
Si se desresne tot einsi
Con s'il fust venuz devant li.
Lors si comance a pleidoiier:
1760 „Va!" fet ele, „puez tu noiier
Que par toi ne soit morz mes sire?"
„Ce", fet il, „ne puis je desdire,
Einz l'otroi bien." — „Di donc, por quoi?
Feïs le tu por mal de moi,
1765 Por haïne ne por despit?"
„Ja n'aie je de mort respit
S'onques por mal de vos le fis."
„Donc n'as tu rien vers moi mespris
Ne vers lui n'eüs tu nul tort;
1770 Car s'il poïst, il t'eüst mort.
Por ce mien esciant cuit gié
Que j'ai bien et a droit jugié."
Einsi par li meïsmes prueve
Que droit, san et reison i trueve,

1775 Qu'an lui haïr n'a ele droit.
S'an dit ce que ele voudroit,
Et par li meïsmes s'alume
Aussi con la busche qui fume
Tant que la flame s'i est mise,
1780 Que nus ne sofle ne atise.
Et s'or venoit la dameisele,
Ja desresneroit la querele
Don ele l'a tant pleidoiiee,
S'an a esté mout leidangiee.
1785 Et ele revint par matin,
Si recomance son latin
La ou ele l'avoit leissié.
Et cele tint le chief beissié,
Qui a mesfeite se savoit
1790 De ce que leidie l'avoit;
Mes or li voudra amander
Et del chevalier demander
Le non et l'estre et le linage,
Si s'umelie come sage
1795 Et dit: „Merci criër vos vuel
Del grant outrage et de l'orguel
Que je vos ai dit come fole,
Si remandrai a vostre escole.
Mes dites moi se vos savez,
1800 Li chevaliers don vos m'avez
Tenue an plet si longuemant,
Queus hon est il et de quel jant?
Se il est teus qu'a moi ataingne,
(Mes que de par lui ne remaingne,)
1805 Je le ferai, ce vos otroi,
Seignor de ma terre et de moi.
Mes il le covandra si feire
Qu'an ne puisse de moi retreire
Ne dire: „„C'est cele qui prist
1810 Celui qui son seignor ocist."„„
„E non Deu, dame, einsi iert il.
Seignor avroiz le plus jantil

Et le plus franc et le plus bel
Qui onques fust del ling Abel."
1815 „Comant a non?" — „Mes sire Yvains."
„Par foi, cist n'est mie vilains,
Einz est mout frans, je le sai bien,
Si est fiz au roi Uriien."
„Par foi, dame, vos dites voir."
1820 „Et quant le porrons nos avoir?"
„Jusqu'a cinc jorz." — „Trop tarderoit,
Que mien vuel ja venuz seroit.
Vaingne anuit ou demain seviaus!"
„Dame, ne cuit que nus oisiaus
1825 Poïst an un jor tant voler.
Mes je i ferai ja aler
Un mien garçon qui mout tost cort,
Qui ira bien jusqu'a la cort
Le roi Artu au mien espoir
1830 Au mains jusqu'a demain au soir;
Que jusque la n'iert il trovez."
„Cist termes est trop lons assez.
Li jor sont lonc. Mes dites li
Que demain au soir resoit ci
1835 Et aut plus tost que il ne siaut;
Car se bien esforcier se viaut,
Fera de deus jornees une.
Et anquenuit luira la lune,
Si reface de la nuit jor.
1840 Et je li donrai au retor
Quanqu'il voudra que je li doingne."
„Sor moi leissiez ceste besoingne;
Que vos l'avroiz antre voz mains
Jusqu'a tierz jor a tot le mains.
1845 Et andemantres manderoiz
Voz janz et si demanderoiz
Consoil del roi qui doit venir.
Por la costume maintenir
De vostre fontainne defandre
1850 Vos covandroit buen consoil prandre.

Et il n'i avra ja si baut *bold*
Qui s'ost vanter que il i aut. *go there*
Lors porroiz dire tot a droit
Que mariër vos covandroit.
1855 Uns chevaliers mout alosez
Vos requiert; mes vos ne l'osez
Prandre, se il nel loent tuit.
Et ce praing je bien an conduit:
Tant les conois je a mauvés
1860 Que por chargier autrui le fes, *burden*
Don il seroient trop chargié,
Vos an vandront trestuit au pié
Et si vos an merciëront,
Que fors de grant painne seront.
1865 Car qui peor a de son onbre,
S'il puet, volentiers se desconbre *defense with*
D'ancontre de lance ou de dart;
Car c'est mauvés jeus a coart."
Et la dame respont: „Par foi,
1870 Einsi le vuel et si l'otroi,
Et je l'avoie ja pansé
Si con vos l'avez devisé,
Et tot einsi le ferons nos.
Mes ci por quoi demorez vos?
1875 Alez! ja plus ne delaiiez,
Si feites tant que vos l'aiiez,
Et je remanderai mes janz."
Einsi fina li parlemanz.
Et cele faint qu'ele anvoit querre
1880 Mon seignor Yvain an sa terre,
Si le fet chascun jor beignier
Et bien laver et apleignier. *„caresser"*
Et avuec ce li aparoille
Robe d'escarlate vermoille
1885 De ver forree atot la croie,
N'est riens qu'ele ne li acroie, *lend*
Qui covaingne a lui acesmer: *arrange prepare*
Fermail d'or a son col fermer,

Ovré a pierres precïeuses
1890 Qui font les janz mout gracïeuses,
Et ceinturẽ, et aumosniere
Qui fu d'une riche seigniere.
Bien l'a del tot apareillié
Et a sa dame conseillié
1895 Que revenuz est ses messages,
Si a esploitié come sages.
„Comant?" fet ele. „Quant vandra
Mes sire Yvains?" — „Ceanz est ja."
„Ceanz est il? Vaingne donc tost
1900 Celeemant et an repost
Demantres qu'avuec moi n'est nus.
Gardez que n'an i vaingne plus,
Que je harroie mout le quart."
La dameisele a tant s'an part,
1905 S'est venue a son oste arriere;
Mes ne mostra mie a sa chiere
La joie que ses cuers avoit,
Einz dist que sa dame savoit
Qu'ele l'avoit leanz gardé,
1910 Si l'an savoit mout mauvés gre.
„Ne me vaut mes neant celee.
Tant est de vos la chose alee
Que ma dame la chose set,
Qui mout m'an blasme et mout m'an het
1915 Et mout m'an a achoisonee.
Mes tel seürte m'a donee
Que devant li vos puis conduire
Sanz rien grever et sanz rien nuire.
Ne vos grevera rien, ce croi,
1920 Fors tant (que mantir ne vos doi,
Que je feroie traïsou):
Avoir vos viaut an sa prison,
Et s'i viaut si avoir le cors
Que nes li cuers n'an soit defors."
1925 „Certes", fet il, „ce vuel je bien,
Ce ne me grevera ja rien.

An sa prison vuel je bien estre."
„Si seroiz vos, par la main destre
Don je vos taing! Or an venez
1930 Et a mon los vos contenez
Si hunblemant devant sa face
Que male prison ne vos face,
Ne por el ne vos esmaiiez!
Ne cuit mie que vos aiiez
1935 Prison qui trop vos soit grevainne."
La dameisele a tant l'an mainne,
Si l'esmaië et rasseûre
Et parole par coverture
[De la prison ou il iert mis,
1940 Que sanz prison n'est nus amis].
Ele a droit se prison le claimme,
Que bien est an prison qui aimme.
LA dameisele par la main
An mainne mon seignor Yvain
1945 La ou il iert mout chier tenuz,
Si cuide il estre mal venuz,
Et s'il le crient, n'est pas mervoille.
Desor une coute vermoille
Troverent la dame seant.
1950 Grant peor, ce vos acreant,
Ot mes sire Yvains a l'antree
De la chanbre, ou il a trovee
La dame qui ne li dist mot;
Et por ce plus grant peor ot:
1955 Si fu de peor esbaïz,
Qu'il cuida bien estre traïz;
Si s'estut loing cele part la
Tant que la pucele parla
Et dist: „Cinc çanz dahez et s'ame,
1960 Qui mainne an chanbre a bele dame
Chevalier, qui ne s'an aproche
Et qui n'a ne langue ne boche
Ne san don acointier se sache."
A cest mot par le braz le sache,

1965 Si li a dit: „Ça vos traiiez,
Chevaliers, et peor n'aiiez
De ma dame qu'ele vos morde,
Mes querez li pes et acorde.
Et j'an proierai avuec vos
1970 Que la mort Esclados le Ros
Qui fu ses sire vos pardoint."
Mes sire Yvains maintenant joint
Ses mains, si s'est a genouz mis
Et dist comme verais amis:
1975 „Dame, ja voir ne criërai
Merci, einz vos merciërai
De quanque vos me voudroiz feire;
Que riens ne me porroit despleire."
„Non, sire? Et se je vos oci?"
1980 „Dame, la vostre grant merci,
Que ja ne m'an orroiz dire el."
„Einz mes", fet ele, „n'oï tel,
Que si vos metez a devise
Del tot an tot an ma franchise
1985 Sanz ce que ne vos an esforz."
„Dame, nule force si forz
N'est come cele sanz mantir,
Qui me comande a consantir
Vostre voloir del tot an tot.
1990 Rien nule a feire ne redot,
Que moi vos pleise a comander.
Et se je pooie amander
La mort don je n'ai rien forsfet,
Je l'amanderoie sanz plet."
1995 „Comant?", fet ele. „Or le me dites,
Si soiiez de l'amande quites,
Se vos de rien ne mesfeïstes,
Quant vos mon seignor oceïstes?"
„Dame", fet il, „vostre merci,
2000 Quant vostre sire m'asailli,
Quel tort oi je de moi defandre?
Qui autrui viaut ocirre ou prandre,

Se cil l'ocit qui se defant,
Dites, se de rien i mesprant?"
2005 „Nenil, qui bien esgarde a droit.
Et je cuit que rien ne vaudroit,
Quant fet ocirre vos avroie.
Et ce mout volantiers savroie,
Don cele force puet venir,
2010 Qui vos comande a consantir
Tot mon voloir sanz contredit.
Toz torz et toz mesfez vos quit.
Mes seez vos, si nos contez,
Comant vos estes si dontez?"
2015 „Dame", fet il, „la force vient
De mon cuer qui a vos se tient;
An cest voloir m'a mes cuers mis."
„Et qui le cuer, biaus douz amis?"
„Dame, mi oel." — „Et les iauz qui?"
2020 „La granz biautez que an vos vi."
„Et la biautez qu'i a forfet?"
„Dame, tant que amer me fet."
„Amer? Et cui?". — „Vos, dame chiere."
„Moi?" — „Voire, voir." — „An quel meniere?"
2025 „An tel que graindre estre ne puet,
An tel que de vos ne se muet
Mes cuers, n'onques aillors nel truis,
An tel qu'aillors panser ne puis,
An tel que toz a vos m'otroi,
2030 An tel que plus vos aim que moi,
An tel, se vos plest, a delivre,
Que por vos vuel morir ou vivre."
„Et oseriiez vos anprandre
Por moi ma fontainne a defandre?"
2035 „Oïl voir, dame, vers toz homes."
„Sachiez donc bien qu'acordé somes."
EINSI sont acordé briémant.
Et la dame ot son parlemant
Devant tenu a ses barons,
2040 Et dit: „De ci nos an irons

An cele sale, ou mes janz sont,
Qui loé et conseillié m'ont
Por le besoing que il i voient,
Que de mari prandre me proient,
2045 Et jel ferai por le besoing.
Ci meïsmes a vos me doing,
Qu'a seignor refuser ne doi
Buen chevalier et fil de roi."
OR a la dameisele fet
2050 Quanqu'ele voloit antreset.
Et mes sire Yvains est plus sire,
Qu'an ne porroit conter ne dire;
Que la dame avuec li l'an mainne
An la sale qui estoit plainne
2055 De chevaliers et de serjanz.
Et mes sire Yvains fu si janz
Qu'a mervoilles tuit l'esgarderent.
Et ancontre aus tuit se leverent,
Et tuit saluent et anclinent
2060 Mon seignor Yvain et devinent:
„C'est cil cui ma dame prandra.
Dahez et, qui li defandra,
Qu'a mervoille sanble prodome.
Certes, l'anpererriz de Rome
2065 Seroit an lui bien mariëe.
Car l'eüst il or afiëe
Et ele lui de nue main,
Si l'esposast hui ou demain."
Einsi parolent tuit an ranc.
2070 Au chief de la sale ot un banc,
Ou la dame s'ala seoir,
La ou tuit la porent veoir.
Et mes sire Yvains sanblant fist
Qu'a ses piez seoir se vossist,
2075 Quant ele l'an leva a mont,
Et de la parole semont
Son seneschal, que il la die
Si qu'ele soit de toz oïe.

Lors comança li seneschaus

2080 Qui n'estoit ne restis ne baus.
„Seignor", fet il, „guerre nos sort."
N'est jorz que li rois ne s'atort,
De quanque il se puet haster,
Por venir noz terres gaster.

2085 Einçois que la quinzainne past,
Sera trestot alé a gast,
Se buen mainteneor n'i a.
Quant ma dame se maria,
N'a mie ancor set anz parclos,

2090 Si le fist ele par voz los.
Morz est ses sire, ce li poise.
N'a or de terre qu'une toise
Cil qui tot cest païs tenoit
Et qui mout bien i avenoit.

2095 C'est granz diaus que po a vescu.
Fame ne set porter escu,
Ne ne set de lance ferir.
Mout amander et ancherir
Se puet de prandre un buen seignor.

2100 Einz mes n'an ot mestier greignor:
Loez li tuit que seignor praingne
Einz que la costume remaingne,
Qui an cest chastel a esté
Plus de seissante anz a passé."

2105 A cest mot dient tuit ansanble,
Que bien a feire lor resanble,
Et trestuit jusqu'au pié li vienent,
De son voloir an grant la tienent,
Si se fet proiier de son buen

2110 Tant que aussi con maugré suen
Otroie ce qu'ele feïst,
Se chascuns li contredeïst,
Et dit: „Seignor, des qu'il vos siet,
Cist chevaliers qui lez moi siet

2115 M'a mout proiiee et mout requise
An m'enor et an mon servise

Se viaut metre, et je l'an merci

Et vos l'an merciëz aussi.

N'onques mes certes nel conui,

2120 S'ai mout oï parler de lui.

Si hauz hon est, ce sachiez bien,

Con li fiz au roi Uriien.

Sanz ce qu'il est de haut parage

Est il de si grant vasselage

2125 Et tant a corteisie et san,

Que desloer nel me doit l'an.

De mon seignor Yvain, ce cuit,

Avez bien oï parler tuit,

Et ce est il qui me requiert.

2130 Plus haut seignor qu'a moi n'afiert

Avrai au jor que ce sera."

Tuit dïent: „Ja ne passera

Cist jorz, se vos feites que sage,

Que n'aiiez fet le mariage.

2135 Car mout est fos, qui se demore

De son preu feire une sole ore."

Tant li prïent que lor otroie

Ce qu'ele feïst tote voie,

Qu'Amors a feire li comande

2140 Ce don los et consoil demande;

Mes a plus grant enor le prant

Quant le fet au los de sa jant.

Et les proiieres rien n'i grievent,

Einz li esmuevent et solievent

2145 Le cuer a feire son talant.

Li chevaus qui ne va pas lant

S'esforce, quant an l'esperone.

Veant toz ses barons se done

La dame a mon seignor Yvain.

2150 Par la main d'un suen chapelain

Prise a Laudine de Landuc,

La dame qui fu fille au duc

Laudunet don an note un lai.

Le jor meïsmes sanz delai

2155   L'esposa et firent les noces.
       Assez i ot mitres et croces;
       Car la dame i avoit mandez
       Ses evesques et ses abez.
       Mout i ot joie et mout leesce,
2160   Mout i ot jant et mout richesce
       Plus que conter ne vos savroie,
       Quant lonc tans pansé i avroie.
       Miauz me vient teire que po diré.
       Mes or est mes sire Yvains sire
2165   Et li morz est toz obliëz.
       Cil qui l'ocist est mariëz
       An sa fame et ansable gisent,
       Et les janz aimment plus et prisent
       Le vif qu'onques le mort ne firent.
2170   A ses noces bien le servirent,
       Qui durerent jusqu'a la voille
       Que li rois vint a la mervoille
       De la fontainne et del perron
       Et avuec lui si conpaignon;
2175   Et trestuit cil de sa mesniee
       Furent an cele chevauchiee,
       Qu'unz trestoz seus n'an fu remés.
       Et si disoit mes sire Kes:
       „Ahi! qu'est ore devenuz
2180   Yvains, quant il n'est ça venuz,
       Qui se vanta aprés mangier
       Qu'il iroit son cosin vangier?
       Bien pert que ce fu aprés vin.
       Foïz s'an est, je le devin,
2185   Qu'il n'i osast venir por l'uel.
       Mout se vanta de grant orguel.
       Mout est hardiz qui vanter s'ose
       De ce don autre ne l'alose,
       Ne n'a tesmoing de sa loange,
2190   Se ce n'est par fausse losange.
       Mout a antre mauvés et preu;
       Que li mauvés joste le feu

Dit de lui unes granz paroles,
Si tient totes les janz a foles
2195 Et cuide que l'an nel conoisse.
Et li preuz avroit grant angoisse,
Se il ooit dire a autrui
Les proesces qui sont an lui.
Neporquant certes bien m'acort
2200 Au mauvés, qu'il n'a mie tort,
Se il se prise et il se vante,   [2206.
Qu'il ne trueve, qui por lui mante.   [2205.
Se il nel dit, qui le dira?   [2201.
Tuit s'an teisent, nes li hira   [2202.
2205 Qui des vaillanz crie le ban   [2203.
Et les mauvés giete an un van."   [2204.
Einsi mes sire Keus parloit,
Et mes sire Gauvains disoit:
„Merci, mes sire Keus, merci!
2210 Se mes sire Yvains n'est or ci,
Ne savez quel essoine il a.
Onques voir tant ne s'avilla
Qu'il deïst de vos vilenie
Tant com il a fet corteisie."
2215 „Sire", fet Keus, „et je m'an tes.
Ne m'an orroiz parler hui mes
Des que je voi qu'il vos enuie."
Et li rois por veoir la pluie
Versa de l'iaue plain bacin
2220 Sor le perron desoz le pin,
Et plut tantost mout fondelmant.
Ne tarda mie longuemant
Que mes sire Yvains sanz arest
Antra armez an la forest
2225 Et vint plus tost que les galos
Sor un cheval et gras et gros,
Fort et hardi et tost alant.
Et mes sire Keus ot talant,
Qu'il demanderoit la bataille.
2230 Car queus que fust la definaille,

Il voloit comancier toz jorz
Les batailles et les estorz,
Ou il i eüst grant corroz.
Le roi apele devant toz
2235 Que ceste bataille li lest.
„Keus“, fet li rois, „des qu'il vos plest
Et devant toz l'avez rovee,
Ne vos doit pas estre veee.“ *forbidden velate*
Keus l'an mercie, puis si monte.
2240 S'or li puet feire un po de honte
Mes sire Yvains, liez an sera
Et mout volantiers li fera,
Que bien le reconoist as armes.
L'escu a pris par les enarmes,
2245 Et Keus le suen, si s'antresleissent,
Chevaus poingnent, les lances beissent
Que il tenoient anpoigniees,
Un petit les ont aloigniees *strided ilument*
Tant que par les quamois les tindrent, *flat, frother lockstep aught milky flies*
2250 Et a ce que il s'antrevindrent,
De teus cos ferir s'angoissierent,
Que andeus les lances froissierent
Et vont jusqu'anz es poinz fandant.
Mes sire Yvains cop si puissant
2255 Li dona que par son la sele
A fet Keus la torneboele *commonly*
Et li hiaumes an terre fiert.
Plus d'enui feire ne li quiert
Mes sire Yvains, einçois desçant
2260 A la terre et le cheval prant, *weil it was very pleasant to touch perron for more thing many a vis*
S'an fu mout bel a teus i ot,
Et fu assez, qui dire sot: *the new way forgiveno hee long*
„Ahi, ahi! com or gisiez
Vos qui les autres despisiez!
2265 Et neporquant s'est il bien droiz
Qu'an le vos pardoint ceste foiz,
Car onques mes ne vos avint.“
A tant devant le roi s'an vint

Mes sire Yvains, et par le frain
2270 Menoit le cheval an sa main
Por ce que il li voloit randre.
„Sire“, fet il, „or feites prandre
Cest cheval, que je mesferoie
Se rien del vostre retenoie.“
2275 „Et qui estes vos?“ fet li rois.
„Ne vos conoistroie des mois,
Se je nomer ne vos ooie
Ou desarmé ne vos veoie.“
Lors s'est mes sire Yvains nomez,
2280 S'an fu Keus de honte assomez
Et maz et morz et desconfiz,
Qui dist qu'il s'an estoit foïz.
Et li autre mout lié an sont,
Qui de s'enor grant joie font.
2285 Nes li rois grant joie an mena,
Et mes sire Gauvains an a
Çant tanz plus grant joie que nus,
Que sa conpaignie amoit plus
Que conpaignie qu'il eüst
2290 A chevalier que il seüst.
Et li rois li requiert et prie,
Se il li plest, que il li die,
Comant il avoit esploitié;
Car mout avoit grant coveitié
2295 De savoir tote s'avanture:
De voir dire mout le conjure.
Et il li a trestot conté
Et le servise et la bonté
Que la dameisele li fist;
2300 Onques de mot n'i antreprist
Ne rien nule n'i oblia.
Et aprés ce le roi pria
Que il et tuit si chevalier
Venissent o lui herbergier;
2305 Car mout grant enor li feroient,
Quant o lui herbergié seroient.

Et li rois dit que volantiers
Li feroit huit jorz toz antiers
Enor et joie et conpaignie.
2310 Et mes sire Yvains l'an mercie,
Ne de demore plus n'i font.
Maintenant montent, si s'an vont
Vers le chastel la droite voie.
Et mes sire Yvains an anvoie
2315 Devant la rote un escuiier
Qui portoit un faucon gruiier,
Por ce que il ne sospreïssent
La dame et que ses janz feïssent
Contre le roi les rues beles.
2320 Quant la dame oï les noveles,
Del roi qui vient a mout grant joie.
N'i a nul qui la novele oie,
Qui n'an soit liez et qui ne mont.
Et la dame toz les semont
2325 Et prie qu'ancontre lui voisent;
Mes il ne tancent ne ne noisent,
Que de feire sa volanté
Estoient tuit antalanté.
A NCONTRE le roi de Bretaingne
2330 S'an vont sor granz chevaus d'Espaingne,
Si saluent mout hautemant
Le roi Artu premieremant
Et puis sa conpaignie tote.
„Bien vaingne", font il, „ceste rote
2335 Qui de si prodomes est plainne!
Beneoiz soit cil qui les mainne
Et qui si buens ostes nos done!"
Contre le roi li chastiaus tone
De la joie que l'an i fet.
2340 Li drap de soie sont fors tret
Et estandu a paremant,
Et des tapiz font pavemant
Et par les rues les estandent
Contre le roi que il atandent;

2345 Et refont un autre aparoil,
Que por la chalor del soloil
Cuevrent les rues de cortines.
Li sain, li cor et les buisines
Font le chastel si resoner
2350 Qu'an n'i oïst pas Deu toner.
Contre lui dancent les puceles,
Sonent flaütes et fresteles,
Timbre, tabletes et tabor.
D'autre part refont lor labor
2355 Li legier bacheler qui saillent.
Trestuit de joie se travaillent
Et a ceste joie reçoivent
Le roi si con feire le doivent.
Et la dame rest fors issue
2360 D'un drap anperial vestue,
Robe d'ermine tote fresche,
Sor son chief une garlandesche
Tote de rubiz atiriee,
Ne n'ot mie la chiere iriee,
2365 Einz l'ot si gaie et si riant
Qu'ele estoit au mien esciant
Plus bele que nule deesse.
Antor li fu la presse espesse
Et dïoient trestuit a tire:
2370 „Bien vaingne li rois et li sire
Des rois et des seignors del monde!“
Ne puet estre qu'a toz responde
Li rois qui vers lui voit venir
La dame a son estrier tenir.
2375 Mes ce ne vost il pas atandre,
Einz se hasta mout de desçandre,
Si desçandi lués qu'il la vit,
Et ele le salue et dit:
„Bien vaingne par çant mile foiz
2380 Li rois, mes sire, et beneoiz
Soit mes sire Gauvains, ses niés.“
„Vostre janz cors et vostre chiés,“

Fet li rois, „bele criature,
Et joïë et buene avanture!“
2385 Lors l'anbrace parmi les flans
Li rois come jantis et frans,
Et ele lui tot a plain braz.
Des autres parole ne faz,
Comant ele les conjoï;
2390 Mes onques nus parler n'oï
De nule jant tant conjoïe,
Tant enoree et tant servie.
De la joie assez vos contasse,
Se ma parole n'i gastasse;
2395 Mes solemant de l'acointance
Vuel feire une brief remanbrance,
Qui fu feite a privé consoil
Antre la lune et le soloil.
Savez de cui je vos vuel dire?
2400 Cil qui des chevaliers fu sire
Et qui sor toz fu enorez
Doit bien estre solauz clamez.
Por mon seignor Gauvain le di,
Que de lui est tot autresi
2405 Chevalerie anluminee,
Con li solauz la matinee
Oevre ses rais et clarté rant
Par toz les leus, ou il s'espant.
Et de celi refaz la lune,
2410 Don il ne puet estre que une
De grant san et de corteisie.
Et neporuec je nel di mie
Solemant por son buen renon,
Mes por ce que Lunete a non.
2415 LA dameisele ot non Lunete
Et fu une avenanz brunete,
Tres sage et veziie et cointe.
A mon seignor Gauvain s'acointe,
Qui mout la prisë et mout l'aimme,
2420 Et por ce s'amie la claimme

Qu'ele avoit de mort garanti
Son conpaignon et son ami,
Si li ofre mout son servise.
Et ele li conte et devise,
2425 A con grant painne ele conquist
Sa dame tant que ele prist
Mon seignor Yvain a mari,
Et comant ele le gari
Des mains a çaus qui le queroient;
2430 Antr'aus estoit, si nel veoient.
Mes sire Gauvains mout se rist
De ce qu'ele li conte, et dist:
„Ma dameisele, je vos doing
Et a mestier et sanz besoing
2435 Un tel chevalier con je sui.
Ne me changiez ja por autrui,
Se amander ne vos cuidiez.
Je sui vostrë et vos soiiez
D'ore an avant ma dameisele!“
2440 „Vostre merci, sire!“ fet ele.
Einsi cil dui s'antracointoient,
Et li autre s'antredonoient;
Car dames i ot tes nonante,
Don chascune estoit bele et jante
2445 Et noble et cointe, preuz et sage,
Dameisele de haut parage;
Si se pooient solacier
Et d'acoler et de beisier
Et de parler et de veoir
2450 Et de delez eles seoir:
Itant en orent il au mains.
Or a joie mes sire Yvains
Del roi qui avuec lui demore.
Et la dame tant les enore,
2455 Chascun par soi et toz ansanble,
Que tes fos i a, cui il sanble,
Que d'amor vaingnent li atret
Et li sanblant qu'ele lor fet.

Et cez puet l'an nices clamer,
2460 Qui cuident qu'an les vuelle amer,
Quant une dame est si cortoise,
Qu'a un maleüreus adoise,
Si li fet joie et si l'acole.
Fos est liez de bele parole,
2465 Si l'a an mout tost amusé. —
A grant joie ont lor tans usé
Trestote la semainne antiere:
Deduit de bois et de riviere
I ot mout qui le vost avoir.
2470 Et qui vost la terre veoir,
Que mes sire Yvains ot conquise
An la dame que il ot prise,
Si se repot aler esbatre
Ou deus lieues ou trois ou quatre
2475 Par les chastiaus d'iluec an tor.
Quant li rois ot fet son sejor
Tant qu'il n'i vost plus arester,
Si refist son oirre aprester.
Mes il avoient la semainne
2480 Trestuit proiié et mise painne
Au plus qu'il s'an porent pener,
Que il an poïssent mener
Mon seignor Yvain avuec aus.
„Comant? Seroiz vos or de çaus",
2485 Ce li dist mes sire Gauvains,
„Qui por leur fames valent mains?
Honiz soit de sainte Marie,
Qui por anpirier se marie!
Amander doit de bele dame,
2490 Qui l'a a amie ou a fame,
Si n'est puis droiz que ele l'aint,
Que ses los et ses pris remaint.
Certes ancor seroiz iriez
De s'amor, se vos anpiriez;
2495 Que fame a tost s'amor reprise,
Ne n'a pas tort, s'ele desprise

Celui qui de noiant anpire,
Quant il est del reaume sire.
Or primes doit vostre pris croistre!
2500 Ronpez le frain et le chevoistre,
S'irons tornoiier moi et vos,
Que l'an ne vos apiaut jalos.
Or ne devez vos pas songier,
Mes les tornoiemanz ongier,
2505 Anprandre estorz et fort joster,
Que que il vos doie coster!
Assez songe qui ne se muet.
Certes, venir vos an estuet,
Que je serai an vostre ansaingne.
2510 Gardez que an vos ne remaingne,
Biaus conpainz, nostre conpaignie,
Qu'an moi ne faudra ele mie.
Mervoille est, comant an a cure
De l'eise qui toz jorz li dure.
2515 Biens adoucist par delaiier,
Et plus est buens a essaiier
Uns petiz biens que l'an delaie
Qu'uns granz que l'an adés essaie.
Joie d'amor qui vient a tart
2520 Sanble la vert busche qui art,
Qui de tant rant plus grant chalor
Et plus se tient an sa valor,
Con plus se tient a alumer.
L'an puet tel chose acostumer,
2525 Qui mout est grevainne a retreire;
Quant an le viaut, nel puet an feire.
Et por ce ne le di je mie,
Se j'avoie si bele amie,
Con vos avez, sire conpainz,
2530 Foi que je doi Deu et ses sainz,
Mout a anviz la leisseroie!
Mien esciant fos an seroie.
Mes teus consoille bien autrui,
Qui ne savroit conseillier lui,

2535 Aussi con li preecheor,
Qui sont desleal lecheor:
Ansaingnent et dïent le bien
Don il ne vuelent feire rien."

2540 MES sire Gauvains tant li dist
Ceste chose et tant li requist,
Qu'il li creanta qu'il iroit,
Mes a sa dame le diroit,
S'il an puet le congié avoir.
Ou face folie ou savoir, *[handwritten annotation]*

2545 Ne leira que congié ne praingne
De retorner soi an Bretaingne.
La dame an a a consoil treite,
Qui del congié pas ne se gueite,
Si li dist: „Ma tres chiere dame,

2550 Vos qui estes mes cuers et m'ame,
Mes biens, ma joie et ma santez,
Une chose me creantez
Por vostre enor et por la moie!"
La dame tantost li otroie,

2555 Qui ne set qu'il viaut demander,
Et dit: „Biaus sire, comander
Me poez quanque buen vos iert."
Maintenant congié li requiert
Mes sire Yvains, de convoiier

2560 Le roi et d'aler tornoiier,
Que l'an ne l'apiaut recreant.
Et ele dit: „Je vos creant
Le congié jusqu'a un termine;
Mes l'amors devandra haïne,

2565 Que j'ai a vos, seürs soiiez,
Certes, se vos trespassiiez
Le terme que je vos dirai.
Sachiez que ja n'an mantirai:
Se vos mantez, je dirai voir.

2570 Se vos volez m'amor avoir
Et de rien nule m'avez chiere.
Pansez de revenir arriere

A tot le mains jusqu'a un an
Huit jorz aprés la saint Jehan:
2575 Hui an cest jor sont les huitaves.
De m'amor seroiz maz et haves,
Se vos n'estes a icel jor
Ceanz avuec moi a sejor."

2580 MES sire Yvains plore et sospire
Si fort qu'a painnes li puet dire:
„Dame, cist termes est trop lons.
Se je pooie estre colons
Totes les foiz que je voudroie,
Mout sovant avuec vos seroie.
2585 Et je pri Deu que, se lui plest,
Ja tant demorer ne me lest.
Mes teus cuide mout tost venir,
Qui ne set qu'est a avenir.
Et je ne sai que m'avandra,
2590 Se essoines me detandra
De malage ne de prison;
S'avez de tant fet mesprison
Que vos n'an avez mis defors
Seviaus l'essoine de mon cors."
2595 „Sire", fet ele, „et je l'i met.
Et neporquant bien vos promet,
Que, se Deus de mort vos defant,
Nus essoines ne vos atant
Tant con vos sovaingne de moi.
2600 Mes or metez an vostre doi
Cest mien anel que je vos prest.
Et de la pierre, queus ele est,
Vos dirai je tot an apert:
Prison ne tient ne sanc ne pert
2605 Nus amanz verais et leaus,
Ne avenir ne li puet maus,
Mes qu'il le port et chier le taingne
Et de s'amie li sovaingne;
Einçois devient plus durs que fers.
2610 Il vos iert escuz et haubers.

Et onques mes a chevalier
Ne le vos prester ne baillier,
Mes vos par chierté le doing gié.“
Or a mes sire Yvains congié,
2615 S'a mout ploré au congié prandre.
Et li rois ne vost plus atandre
Por rien qu'an dire li seüst,
Einz li tarda qu'an lor eüst
Toz lor palefroiz amenez
2620 Apareilliez et anfrenez.
Des qu'il le vost, mout tost fu fet,
Li palefroi lor sont fors tret,
Si n'i a mes que del monter.
Ne sai que vos doie conter,
2625 Comant mes sire Yvains s'an part,
Et des beisiers qu'an li depart,
Qui furent de lermes semé
Et de douçor anbaussemé.
Et del roi que vos conteroie,
2630 Comant la dame le convoie
Et ses puceles avuec li
Et ses seneschauz autresi?
Trop i feroie grant demore.
La dame por ce qu'ele plore
2635 Prie li rois de remenoir
Et de raler a son menoir.
Tant li pria que a grant painne
S'an retorna, sa jant an mainne.
MES sire Yvains mout a anviz
2640 S'est de la dame departiz
Et si que li cuers ne s'an muet.
Li rois le cors mener an puet,
Car del cuer n'an manra il point,
Qui si se tient et si se joint
2645 Au cuer celi qui se remaint,
Qu'il n'a pooir que il l'an maint.
Des que li cors est sanz le cuer,
Donc ne puet il vivre a nul fuer;

Et se li cors sanz le cuer vit,
2650 Tel mervoille nus hon ne vit.
Ceste mervoille est avenue;
Qu'il a la vie retenue
Sanz le cuer qui estre i soloit,
Que plus siure ne le voloit.
2655 Li cuers a buene remenance,
Et li cors est an esperance
De retorner au cuer·arriere,
Si fet cuer d'estrange meniere
D'esperance qui mout sovant
2660 Traïst et fausse de covant.
Ja, ce cuit, l'ore ne savra,
Qu'esperance traï l'avra;
Car se il un seul jor trespasse
Del terme qu'il a pris a masse,
2665 Mout a anviz trovera mes
A sa dame triues ne pes.
Je cuit qu'il le trespassera,
Car departir nel leissera
Mes sire Gauvains d'avuec lui;
2670 Car as tornois s'an vont andui
Par toz les leus, ou l'an tornoie.
Et li anz passe tote voie,
Sel fist si bien mes sire Yvains
Tot l'an, que mes sire Gauvains
2675 Se penoit de lui enorer
Et si le fist tant demorer
Que trestoz li anz fu passez
Et de l'autre an aprés assez,
Tant que a la miaost vint,
2680 Que li rois cort a Cestre tint,
Et furent la voille devant
Revenu d'un tornoiemant,
Ou mes sire Yvains ot esté,
S'an ot tot le pris aporté.
2685 Et dit li contes, ce me sanble,
Que li dui conpaignon ansanble

Ne vostrent an vile desçandre,

Einz firent lor paveillon tandre

Fors de la vile et cort i tindrent;

2690 Qu'onques a cort au roi ne vindrent,

Einçois vint li rois a la lor;

Qu'avuec aus furent li meillor

Des chevaliers et toz li plus.

Antr'aus seoit li rois Artus.

2695 Quant Yvains. tant ancomança

A panser, que des lors an ça

Que a sa dame ot congié pris

Ne fu si de panser sorpris

Con de celui; que bien savoit

2700 Que covant manti li avoit

Et trespassez estoit li termes.

A grant painne tenoit ses lermes,

Mes honte li feisoit tenir.

Tant pansa que il vit venir

2705 Une dameisele a droiture,

Et venoit mout grant anbleüre

Sor un palefroi noir bauçant;

Devant le paveillon desçant,

Que nus ne fu a son desçandre

2710 Ne nus n'ala son cheval prandre.

Et lués que ele pot veoir

Le roi, si leissa jus cheoir

Son mantel et desafublee

S'an est el paveillon antree

2715 Et tres devant le roi venue,

Et dist que sa dame salue

Le roi et mon seignor Gauvain

Et toz les autres fors Yvain,

Le desleal, le traïtor,

2720 Le mançongier, le jangleor,

Qui l'a leissiee et deceüe.

„Bien a sa jangle aparceüe,

Qui se feisoit verais amerre,

S'est faus et traïtres et lerre.

2725 Ma dame a cist lerre souduite,
     Qui n'estoit de nul mal recuite,
     Ne ne cuidoit pas a nul fuer
     Qu'il li deüst anbler son cuer.
     Cil n'anblent pas les cuers, qui aimment,
2730 Si a teus qui larrons les claimment,
     Qui en amor vont faunoiant
     Et si n'an sevent tant ne quant.
     Li amis prant le cuer s'amie
     Einsi qu'il ne li anble mie,
2735 Einz le garde que ne li anblent
     Larron qui prodome resanblent.
     Et cil sont larron ipocrite
     Et traïtor qui metent lite
     As cuers anbler, don aus ne chaut;
2740 Mes li amis, quel part qu'il aut,
     Le tient chier et si le raporte.
     Mes Yvains a ma dame morte,
     Qu'ele cuidoit qu'il li gardast
     Son cuer et si li raportast
2745 Einçois que fust passez li anz.
     Yvains, mout fus or oblianz,
     Que ne te pot resovenir
     Que tu deüsses revenir
     A ma dame jusqu'a un an.
2750 Jusqu'a la feste saint Jehan
     Te dona ele de respit,
     Et tu l'eüs an tel despit
     Qu'onques puis ne t'an remanbra.
     Ma dame paint an sa chanbre a
2755 Trestoz les jorz et toz les tans;
     Car qui aimme, est an grant porpans,
     N'onques ne puet prandre buen some,
     Mes tote nuit conte et assome
     Les jorz qui vienent et qui vont.
2760 Sez tu come li amant font?
     Content le tans et la seison.
     N'est pas venue sanz reison

Sa conplainte ne devant jor.
Si ne di je rien por clamor,
2765 Mes tant di que traïz nos a
Qui a ma dame t'esposa.
Yvains, n'a mes cure de toi
Ma dame, einz te mande par moi
Que ja mes vers li ne revaingnes
2770 Ne son anel plus ne detaingnes.
Par moi que ci an presant vois
Te mande que tu li anvois.
Rant li, que randre le t'estuet."
YVAINS respondre ne li puet,
2775 Que sans et parole li faut.
Et la dameisele avant saut,
Si li oste l'anel del doi,
Puis si comande a Deu le roi
Et toz les autres fors celui
2780 Cui ele leisse an grant enui.
Et ses enuiz tot adés croist,
Quanque il ot tot li ancroist
Et quanqu'il voit tot li enuie.
Mis se voudroit estre a la fuie
2785 Toz seus an si sauvage terre
Que l'an ne le seüst ou querre,
N'ome ne fame n'i eüst,
Ne nus de lui rien ne seüst
Ne plus que s'il fust an abisme.
2790 Ne het tant rien con lui meïsme,
Ne ne set, a cui se confort
De lui qu'il meïsmes a mort;
Mes einz voudra le san changier
Que il ne se puisse vangier
2795 De lui qui joie s'est tolue.
D'antre les barons se remue,
Qu'il crient antr'aus issir del san.
Et de ce ne se gardoit l'an,
Si l'an leissierent seul aler.
2800 Bien sevent que de lor parler

Ne de lor siegle n'a il soing.
Et il va tant que il fu loing
Des tantes et des paveillons.
Lors li monta uns torbeillons
2805 El chief si granz que il forsane,
Lors se descire et se depane
Et fuit par chans et par arees
Et leisse ses janz esgarees,
Qui se mervoillent, ou puet estre.
2810 Querant le vont par trestout l'estre,
Par les osteus as chevaliers
Et par haies et par vergiers,
Sel quierent la ou il n'est pas.
Fuïant s'an va plus que le pas
2815 Tant qu'il trova delez un parc
Un garçon qui tenoit un arc
Et cinc saietes barbelees
Qui mout ierent tranchanz et lees,
S'ot tant de san que au garçon
2820 Est alez tolir son arçon
Et les saietes qu'il tenoit.
Por ce mes ne li sovenoit
De nule rien qu'il eüst feite.
Les bestes par le bois agueite,
2825 Si les ocit et si manjue
La veneison trestote crue.
Et tant conversa el boschage
Com hon forsenez et sauvage,
Qu'une meison a un hermite
2830 Trova mout basse et mout petite,
Et li hermites essartoit.
Quant vit celui qui nuz estoit,
Bien pot savoir sanz nul redot
Qu'il n'avoit mie le san tot;
2835 Et si fist il, tres bien le sot.
De la peor que il an ot
Se feri an sa meisonete.
De son pain et de s'iaue nete

Par charité prist li prodon,
2840 Si li mist fors de sa meison
Desor une fenestre estroite.
Et cil vient la, qui mout covoite
Le pain, si le prant et s'i mort.
Ne cuit que onques de si fort
2845 Ne de si aspre eüst gosté.
N'avoit mie cinc souz costé *cost 5 sous the bushel*
Li sestiers don fu fez li pains [2847.
Qui plus iert egres que levains, *Sourer*
made of barley ground D'orge pestriz atot la paille,
2850 Et avuec ce iert il sanz faille
musty dry as bark Moisiz et ses come une escorce.
so much that its bread Mes li fains l'angoisse et esforce
Tant que le pout li sot li pains;
Qu'a toz mangiers est sauce fains [2848.
2855 Bien destranpree et bien confite. *well mixd, well made*
Tot manja le pain a l'ermite *[distinpure] + well*
Mes sire Yvains, que buen li sot,
Et but de l'iaue froide au pot.
Quant ot mangié, si se refiert
2860 El bois et cers et biches quiert.
Et li buens hon desoz son toit
Prie Deu, quant aler l'an voit,
Qu'il le defande et qu'il le gart,
Que mes ne vaingne cele part.
2865 Mes n'est riens, tant po de san et, *little sense to have it*
Que an leu ou l'an bien li fet
Ne revaingne mout volantiers.
Puis ne passa uns jorz antiers,
Tant com il fu an cele rage,
2870 Que aucune beste sauvage
Ne li aportast a son huis.
Iceste vie mena puis,
Et li buens hon s'antremetoit
De l'escorchier et si metoit
2875 Assez de la veneison cuire,
Et li pains et l'iaue an la buire

Estoit toz jorz sor la fenestre   [2871.
Por l'ome forsené repestre;
S'avoit a mangier et a boivre
2880 Veneison sanz sel et sanz poivre
Et iaue froide de fontainne.
Et li buens hon estoit an painne
De cuirs vandre et d'acheter pain
D'orge ou d'avainne ou d'autre grain,
2885 S'ot puis tote sa livreison
Pain a planté et veneison
Qui li dura tánt longuemant
Qu'un jor le troverent dormant
An la forest deus dameiseles
2890 Et une lor dame avuec eles,
De cui mesniee eles estoient.
Vers l'ome nu que eles voient
Cort et desçant l'une des trois,
Mes mout le regarda einçois
2895 Que rien nule sor lui veïst,
Qui reconoistre li feïst;
Si l'avoit ele tant veü
Que tost l'eüst reconeü,
Se il fust de si riche ator
2900 Com il avoit esté maint jor.
Au reconoistre mout tarda
Et totes voies l'esgarda
Tant qu'an la fin li fu avis
D'une plaie qu'il ot el vis,
2905 Qu'une tel plaie el vis avoit
Mes sire Yvains; bien le savoit,
Qu'ele l'avoit sovant veüe.
Par la plaie s'est parceüe
Que ce est il, de rien n'an dote;
2910 Mes de ce se mervoille tote
Comant ce li est avenu
Que si l'a trové povre et nu.
Mout s'an saingne et mout s'an mervoille,
Mes ne le bote ne n'esvoille,

2915 Einz prant son cheval, si remonte,   [2909.
Puis vint as autres, si lor conte
S'avanture tot an plorant.
Ne sai qu'alasse demorant
Au conter le duel qu'ele fist,
2920 Mes plorant a sa dame dist:
„Dame, je ai Yvain trové,
Le chevalier miauz esprové ·
Del monde et le miauz antechié.
Mes je ne sai, par quel pechié
2925 Est au franc home mescheü.
Espoir aucun duel a eü,
Qui le fet einsi demener;
Qu'an puet bien de duel forsener.
Et savoir et veoir puet l'an
2930 Qu'il n'est mie bien an son san;
Que ja voir ne li avenist
Que si vilmant se contenist,
Se il n'eüst le san perdu.
Car li eüst or Deus randu
2935 Le san au miauz qu'il eüst onques,
Et puis si li pleüst adonques
Qu'il remassist an vostre aïe!
Car trop vos a mal anvaïe
Li cuens Aliers qui vos guerroie.
2940 La guerre de vos deus verroie
A vostre grant enor finee,
Se Deus si buene destinee
Vos donoit que il reveniïst
An son san et s'antremeïst
2945 De vos eidier a cest besoing."
La dame dist: „Or n'aiiez soing!
Que certes, se il ne s'an fuit,
A l'aïe de Deu, ce cuit,
Li osterons nos de la teste
2950 Tote la rage et la tanpeste.
Mes tost aler nos an covient!
Car d'un oignemant me sovient

Que me dona Morgue la sage,   [2947.
Et si me dist que nule rage
2955 N'est an teste que il n'an ost."
Vers le chastel s'an vont tantost,
Qui pres iert, qu'il n'i avoit pas
Plus de demie liue un pas,
As liues qui el païs sont;
2960 Car a mesure des noz font
Les deus une, les quatre deus.
Et cil remest dormant toz seus,
Et cele va l'oignemant querre.
La dame un suen escrin deserre,
2965 S'an tret la boiste et si la charge
A la dameisele, et trop large
Li prie que ele n'an soit,
Les tanples solement l'an froit,
Qu'aillors point metre n'an besoingne.
2970 Les tanples solemant l'an oingne
Et le remenant bien li gart,
Qu'il n'a point de mal autre part
Fors que solemant el cervel.
Robe veire, cote et mantel
2975 Li fet porter de soie an grainné.
Cele li porte et si li mainne
An destre un palefroi mout buen.
Et avuec ce i met del suen
Chemise et braies deliiees
2980 Et chauces nueves bien tailliees;
Atot ice mout tost s'an va.
Ancor celui dormant trova
La ou ele l'avoit leissié.
Ses chevaus met an un pleissié,
2985 Ses atache et lie mout fort
Et puis s'an vient la ou cil dort
Atot la robe et l'oignemant;
Et fet mout tres grant hardemant,
Que del forsené tant s'aproche
2990 Qu'ele le menoie et atoche,

Et praut l'oiguemant, si l'an oint   [2985.
Tant com an la boiste an a point,
Et sa garison tant covoite
Que de l'oindre par tot esploite,
2995 Si li met trestot an despanse;
Que ne li chaut de la defanse
Sa dame ne ne l'an sovient.
Plus an i met que ne covient,
Mes bien, ce li est vis, l'anploie.
3000 Les tanples et le front l'an froie
Et tot le cors jusqu'a l'ortoil.
Tant li froia au chaut soloil
Les tanples et trestot le cors
Que del cervel li issi fors
3005 La rage et la melancolie.
Mes del cors oindre fist folie,
Qu'il ne l'an estoit nus mestiers.
S'il an i eüst cinc sestiers,
S'eüst ele autel fet, ce cuit.
3010 La boiste an porte, si s'an fuit,
Si s'est vers ses chevaus reposte.
Mes la robe mie n'an oste
Por ce que, se Deus le ravoie,
Que apareillice la voie
3015 Et qu'il la praingne et qu'il s'an veste.
Deriere un grant chasne s'areste
Tant que cil ot dormi assez,
Qui fu gariz et respassez,
Et rot son san et son memoire.
3020 Mes nuz se voit com un ivoire,
S'a grant honte et plus grant eüst,
Se il s'avantnre seüst,
Mes n'an set plus que nuz se trueve.
Devant lui voit la robe nueve,
3025 Si se mervoille a desmesure,
Comant et par quel avanture
Cele robe estoit la venue;
Mes de sa char que il voit nue

|3023.

Est trespansez et esbaïz,
3030 Et dit que morz est et traïz.
S'einsi l'a trové ne veü .
Riens nule qui l'et coneü.
Et tote voie si se vest
Et regarde par la forest,
3035 S'il verroit nule ame venir.
Lever se cuide et sostenir,
Mes ne puet tant qu'aler s'an puisse.
Mestiers li est qu'aïe truisse,
Qui li aït et qui l'an maint.
3040 Car si l'a ses griez maus ataint
Qu'a painnes puet sor piez ester.
Or mes n'i viaut plus arester
La dameisele, einz est montee
Et est par delez lui alee
3045 Si con s'ele ne l'i seüst.
Et cil qui grant mestier eüst
D'aïe, ne li chaussist quel,
Qui le menast jusqu'a ostel,
Tant que il refust an sa force,
3050 De li apeler mout s'esforce.
Et la dameisele autresi
Va regardant anviron li
Con s'ele ne sache qu'il a.
Esbaïe va çа et la,
3055 Que droit vers lui ne viaut aler.
Et cil comance a rapeler:
„Dameisele, de çа! de çа!“
Et la dameisele adreça
Vers lui son palefroi anblant.
3060 Cuidier li fist par tel sanblant
Qu'ele de lui rien ne savoit,
N'onques mes veü ne l'avoit.
Et san et corteisie fist.
Quant devant lui fu, si li dist:
3065 „Sire chevaliers, que volez,
Qui a tel besoing m'apelez?“

„Ha!“ fet il, „dameisele sage,   [3061.
Trovez me sui an cest boschage,
Je ne sai, par quel mescheance.
3070 Por Deu et por vostre creance
Vos pri que an toz guerredons
Me prestoiz ou donoiz an dons
Cest palefroi que vos menez.“
„Volantiers, sire; mes venez
3075 Avuec moi la ou je m'an vois.“
„Quel part?“ fet il. — „Fors de cest bois
Jusqu'a un chastel ci selonc.“
„Dameisele, or me dites donc
Se vos avez mestier de moi?“
3080 „Oïl“, fet ele, „mes je croi
Que vos n'estes mie bien sains.
Jusqu'a quinzainne a tot le mains
Vos covandroit a sejor estre.
Cest cheval que je maing an destre
3085 Prenez, s'irons jusqu'a l'ostel.“
Et cil qui ne demandoit el
Le prant et monte, si s'an vont
Tant que il vindrent a un pont
Don l'iaue estoit rade et bruianz.
3090 Et la dameisele rue anz
La boiste qu'ele porte vuide.
Einsi vers sa dame se cuide
De son oignemant escuser,
Qu'ele dira que au passer
3095 Del pont einsi li meschaï
Que la boiste an l'iaue chaï;
Por ce que desoz li çopa
Ses palefroiz, li eschapa
Del poing la boiste, et a bien pres
3100 Que ele ne chaï aprés,
Mes adonc fust la perte graindre.
Ceste mançonge voudra faindre
Quant devant sa dame iert venue.
Ansanble ont lor voie tenue

3105 Tant que au chastel sont venu,   [3099.
Si a la dame retenu
Mon seignor Yvain lieemant,
Et sa boiste et son oignemant
Demanda a sa dameisele,
3110 Mes ce fu seul a seul; et cele
Li a la mançonge retreite
Si grant com ele l'avoit feite,
Que le voir ne l'an osa dire;
S'an ot la dame mout grant ire
3115 Et dist: „Ci a mout leide perte
Et de ce sui seüre et certe
Qu'ele n'iert ja mes recovree.
Mes des que la chose est alee,
Il n'i a que del consirrer.
3120 Tel hore cuide an desirrer
Son bien, qu'an desirre son mal,
Si con gié qui de cest vassal
Cuidoie bien et joie avoir,
Si ai perdu de mon avoir
3125 Tot le meillor et le plus chier.
Neporquant je vos vuel proiier
De lui servir sor tote rien.“
„Ha! dame, or dites vos mout bien!
Car ce seroit trop vilains jeus,
3130 Qui d'un domage feroit deus.“
Atant de la boiste se teisent
Et mon seignor Yvain aeisent
De quanqu'eles pueent et sevent,
Sel baingnent et son chief li levent
3135 Et le font rere et reoignier;
Car l'an li poïst anpoignier
La barbe a plain poing sor la face.
Ne viaut chose qu'an ne li face:
S'il viaut armes, an li atorne,
3140 S'il viaut cheval, an li sejorne
Bel et grant et fort et hardi.
Tant sejorna qu'a un mardi

6*

Vint au chastel li cuens Aliers   [3137.
A serjanz et a chevaliers
3145 Et mirent feus et prirent proies,
Et cil del chastel totes voies
Montent et d'armes se garnissent,
Armé et desarmé s'an issent
Tant que les coreors ataingnent,
3150 Qui por aus foïr ne se daingnent,
Einz les atandent a un pas.
Et mes sire Yvains fiert el tas,
Qui tant a esté sejornez
Qu'an sa force fu retornez,
3155 Si feri de si grant vertu
Un chevalier parmi l'escu
Qu'il mist an un mont, ce me sanble,
Cheval et chevalier ansanble,
N'onques puis cil ne releva;
3160 Qu'el vantre li cuers li creva,
Et fu parmi l'eschine frez.
Un petit s'est arriere trez
Mes sire Yvains et si recuevre,
Trestoz de son escu se cuevre
3165 Et point por le pas desconbrer.
Si tost ne poïst an nonbrer
Et un et deus et trois et quatre,
Que l'an ne li veïst abatre   [3162.
Plus tost et plus delivremant   [3164.
3170 Quatre chevaliers erraumant.   [3163.
Et cil qui avuec lui estoient   [3165.
Por lui grant hardemant prenoient;
Que teus a povre cuer et lasche,
Quant il voit qu'uns prodon antasche
3175 Devant lui une grant besoingne,
Que maintenant honte et vergoingne
Li cort sus et si giete fors
Le povre cuer qu'il a el cors,
Si li done sotainemant
3180 Cuer de prodome et hardemant.

Einsi sont cil devenu preu, [3175.
Si tient mout bien chascuns son leu
An la meslee et an l'estor.
Et la dame fu an la tor
3185 De son chastel montee an haut
Et vit la meslee et l'asaut
Au pas desresnier et conquerre
Et vit assez gisanz par terre
Des afolez et des ocis
3190 Des suens et de ses anemis,
Mes plus des autres que des suens.
Car li cortois, li preuz, li buens,
Mes sire Yvains tot autresi
Les feisoit venir a merci
3195 Con li faucons fet les cerceles.
Et disoient et cil et celes
Qui el chastel remés estoient
Et des batailles esgardoient:
„Haï! con vaillant chevalier!
3200 Con fet ses anemis pleissier,
Con roidemant il les requiert!
Tot autresi antr'aus se fiert
Con li lions antre les dains,
Quant l'angoisse et chace la fains.
3205 Et tuit nostre autre chevalier
An sont plus hardi et plus fier,
Que ja, se par lui seul ne fust,
Lance brisiee n'i eüst
N'espee treite por ferir.
3210 Mout doit an amer et cherir
Un prodome, quant an le trueve.
Veez or comant cil se prueve,
Veez com il se tient an ranc,
Veez com il portait de sanc
3215 Et sa lance et s'espee nue,
Veez comant il les remue,
Veez comant il les antasse,
Com il lor vient, com il lor passe,

Com il ganchist, com il trestorne;   [3213.
3220 Mes au ganchir petit sejorne
Et po demore an son retor.
Veez quant il vient an l'estor,
Com il a po son escu chier,
Que tot le leisse detranchier.
3225 N'an a pitié ne tant ne quant,
Mes mout le veomes an grant
Des cos vangier, que l'an li done.
Qui de trestot le bois d'Argone
Li avroit fet lances, ce cuit,
3230 N'an avroit il nule anquenuit;
Qu'an ne l'an set tant metre el fautre
Qu'il nes peçoit et demant autre.
Et veez comant il le fet
De l'espee, quant il la tret!
3235 Onques ne fist de Durandart
Rolanz de Turs si grant essart
An Roncevaus ne an Espaingne!
Se il eüst an sa conpaingne
Auques de si buens conpaignons,
3240 Li fel de cui nos nos plaignons
S'an alast ancui desconfiz
Ou il remassist toz honiz."
Et dïent que buer seroit nee,
Cui il avroit s'amor donee,
3245 Qui si est as armes poissanz
Et desor toz reconoissanz
Si con cierges antre chandoiles
Et la lune antre les estoiles
Et li solauz desor la lune.
3250 Et de chascun et de chascune
A si les cuers que tuit voudroient
Por la proesce qu'an lui voient
Que il eüst la dame prise,
Si fust la terre an sa justise.
3255 EINSI tuit et totes prisoient
Celui don verité disoient,

Car çaus de la a si atainz   [3251.

Que il s'an fuient qui ainz ainz.

Mes il les anchauce de pres

3260 Et tuit si conpaignon aprés;

Que lez lui sont aussi seür

Con s'il fussent anclos de mur

Haut et espés de pierre dure.

La chace mout longuemant dure

3265 Tant que cil qui fuient estanchent

Et cil qui chacent les detranchent

Et lor chevaus lor esboelent.

Li vif desor les morz roelent,

Si s'antrafolent et ocïent.

3270 Leidemant s'antrecontraliẽent:

Et li cuens tot adés s'an fuit

Et mes sire Yvains le conduit,

Qui de lui siure ne se faint

Tant le chace que il l'ataint

3275 Au pié d'une ruiste montee,

Et ce fu mout pres de l'antree

D'un fort recet qui estoit suens.

Iluec fu retenuz li cuens,

Qu'onques nus ne li pot eidier,

3280 Et sanz trop longuemant pleidier

An prist la foi mes sire Yvains.

Car des que il le tint as mains

Et il furent seul per a per,

N'i ot neant de l'eschaper

3285 Ne del ganchir ne del defandre,

Einz li plevi qu'il s'iroit randre

A la dame de Noroison,

Si se metroit an sa prison

Et feroit pes a sa devise.

3290 Et quant il an ot la foi prise,

Si li fist son chief desarmer

Et l'escu de son col oster

Et l'espee li randi nue.

Ceste enors li est avenue

3295   Qu'il an mainne le conte pris,   [3289.
      Si le rant a ses anemis
      Qui n'an font pas joie petite.
      Mes einz fu la novele dite
      Au chastel, que il i venissent.
3300   Ancontre tuit et totes issent
      Et la dame devant toz vient.
      Mes sire Yvains par la main tient
      Son prisonier, si li presante.
      Sa volanté et son creante
3305   Fist lors li cuens outreemant
      Et par foi et par seiremant
      Et par ploiges l'an fist seüre.
      Ploiges li done et si li jure
      Que toz jorz mes pes li tandra
3310   Et ses pertes restoerra,
      Quanqu'ele mosterra par prueves,
      Et refera ses meisons nueves
      Que il avoit par terre mises.
      Quant cez choses furent asises
3315   Einsi com a la dame sist,
      Mes sire Yvains congié li quist.
      Mes ele ne li donast mie,
      Se il a fame ou a amie
      La vossist prandre et noçoiier.
3320   Mes nes siure ne convoiier
      Ne se vost il leissier un pas,
      Einz s'an parti enes le pas,
      Qu'onques rien n'i valut proiiere.
      Or se mist a la voie arriere
3325   Et leissa mout la dame iriee
      Que il avoit mout faite liee.
      Et con plus liee l'avoit feite,
      Plus li poise et plus li desheite
      Quant il ne viaut plus demorer;
3330   Qu'ele le vossist enorer
      Et sel feïst, se lui pleüst,
      Seignor de quanques ele eüst,

Ou ele li eüst donees   [3327.
Por son servise granz soudees,
3335 Si granz com il les vossist prandre.
Mes il n'i vost onques antandre
Parole d'ome ne de fame.
Des chevaliers et de la dame
S'est partiz, mes que bien lor poist,
3340 Que plus retenir ne lor loist.
        MES sire Yvains pansis chemine
            Par une parfonde gaudine
Tant qu'il oï anmi le gaut
Un cri mout dolereus et haut,
3345 Si s'adreça lors vers le cri
Cele part ou il l'ot oï.
Et quant il parvint cele part,
Vit un lion an un essart
Et un serpant qui le tenoit
3350 Par la coe et si li ardoit
Trestoz les rains de flame ardant.
N'ala pas longues regardant
Mes sire Yvains cele mervoille.
A lui meismes se consoille,
3355 Au quel des deus il eidera.
Lors dit qu'au lion secorra;
Qu'a venimeus et a felon
Ne doit an feire se mal non.
Et li serpanz est venimeus,
3360 Si li saut par la boche feus,
Tant est de felenie plains.
Por ce panse mes sire Yvains
Qu'il l'ocirra premieremant.
L'espee tret et vient avant
3365 Et met l'escu devant sa face,
Que la flame mal ne li face,
Que il gitoit parmi la gole
Qui plus estoit lee d'une ole.
Se li lions aprés l'asaut,
3370 La bataille pas ne li faut.

Mes que que l'an avaingne aprés,   [3365.
Eidier li voudra il adés;
Que pitiez li semont et prie
Qu'il face secors et aïe
3375 A la beste jantil et franche.
A l'espee qui soef tranche
Va le felon serpant requerre,
Si le tranche jusqu'an la terre
Et an deus meitiez le tronçone, *midcatatis*
3380 Fiert et refiert et tant l'an done
Que tot le demince et despiece.
Mes il li covint une piece
Tranchier de la coe au lion
Por la teste au serpant felon
3385 Qui par la coe le tenoit;
Tant con tranchier an covenoit
An trancha, qu'onques mains ne pot.
Quant le lion delivré ot, *lesshandtmot*
Cuida qu'a lui le covenist
3390 Conbatre et que sor lui venist;
Mes il ne le se pansa onques.
Oez que fist li lions donques!
Il fist que frans et de bon' eire,
Que il li comança a feire
3395 Sanblant que a lui se randoit,
Et ses piez joinz li estandoit
Et vers terre ancline sa chiere,
S'estut sor les deus piez deriere
Et puis si se ragenoilloit
3400 Et tote sa face moilloit
De lermes par humilité.
Mes sire Yvains par verité
Set que li lions l'an mercie
Et que devant lui s'umilie
3405 Por le serpant qu'il avoit mort
Et lui delivré de la mort,
Si li plest mout ceste avanture.
Por le venin et por l'ordure

Del serpant essuie s'espee, [3403.
3410 Si l'a el fuerre rebotee,
Puis si se remet a la voie.
Et li lions lez lui costoie;
Que ja mes ne s'an partira,
Toz jorz mes avuec lui ira;
3415 Que servir et garder le viaut.
Devant a la voie s'aquiaut
Tant qu'il santi desoz le vant,
Si com il s'an aloit devant,
Bestes sauvages an pasture,
3420 Si le semont fains et nature
D'aler an proie et de chacier
Por sa vitaille porchacier;
Ce viaut nature qu'il le face.
Un petit s'est mis an la trace
3425 Tant que son seignor a mostré,
Qu'il a santi et ancontré
Vant et fler de sauvage beste.
Lors le regarde, si s'areste,
Que il le viaut servir an gre;
3430 Car ancontre sa volanté
Ne voudroit aler nule part.
Et cil parçoit a son esgart
Qu'il li mostre que il l'atant.
Bien l'aparçoit et bien l'antant
3435 Que s'il remaint il remandra,
Et se il le siut il prandra
La veneison qu'il a santie.
Lors le semont et si l'escrie
Aussi com uns brachez feïst.
3440 Et li lions maintenant mist
Le nes au vant qu'il ot santi,
Ne ne li ot de rien manti;
Qu'il n'ot pas une archiee aloe,
Quant il vit an une valee
3445 Tot seul pasturer un chevruel.
Cestui prandra il ja son vuel,

Et il si fist au premier saut,   [3441.
Puis si an but le sanc tot chaut.
Quant ocis l'ot, si le gita
3450   Sor son dos et si l'an porta
Tant que devant son seignor vint,
Qui puis an grant chierté le tint   [3446.
[Et a lui a pris conpaignie   *
A trestoz les jorz de sa vie]   *
3455   Por la grant amor qu'an lui ot.   [3447.
Ja fu pres de nuit, si li plot
Qu'ilueques se herbergeroit
Et del chevruel escorcheroit
Tant com il an voudroit mangier.
3460   Lors le comance a escorchier,
Le cuir li fant desor la coste,
De la longe un lardé li oste
Et tret le feu d'un chaillo bis,
Si l'a de seche busche espris
3465   Et met an une broche an rost
Son lardé cuire au feu mout tost,
Sel rosti tant que toz fu cuiz.
Mes del mangier fu nus deduiz;
Qu'il n'i ot pain ne vin ne sel,
3470   Ne nape ne coutel ne el.
Que qu'il manja, devant lui jut
Ses lions, qu'onques ne se mut,
Einz l'a tot adés regardé
Tant que il ot de son lardé
3475   Tant mangié que il n'an pot plus.
Del chevruel tot le soreplus
Manja li lions jusqu'as os.
Et cil tint son chief a repos
Tote la nuit sor son escu
3480   A tel repos come ce fu;
Et li lions ot tant de sans
Qu'il veilla et fu an espans
Del cheval garder, qui peissoit
L'erbe qui petit l'angreissoit.

3485 AU matin s'an revont ansanble   [3477.
       Et itel vie, ce me sanble,
Com il orent la nuit menee,
Ont ansanble andui demenee
Pres trestote cele semainne
3490 Tant qu'avanture a la fontainne
Desoz le pin les amena.
La por un po ne forsena
Mes sire Yvains autre foiiee
Quant la fontainne ot aprochiee
3495 Et le perron et la chapele.
Mil foiz las et dolanz s'apele
Et chiet pasmez, tant fu dolanz;
Et s'espee qui fu colanz
Chiet del fuerre, si li apointe
3500 As mailles del hauberc la pointe
An droit le col pres de la joe.
N'i a maille qui ne descloe,
Et l'espee del col li tranche
La char desoz la maille blanche
3505 Tant qu'ele an fist le sanc cheoir.
Li lions cuide mort veoir
Son conpaignon et son seignor.
Einz de rien nule duel greignor
N'oïstes conter ne retreire,
3510 Qu'il comança tantost a feire!
Il se detort et grate et crie
Et s'a talant que il s'ocie
De l'espee don li est vis
Que son seignor avoit ocis.
3515 A ses danz l'espee li oste
Et sor un fust gisant l'acoste
Et deriere a un tronc l'apuie,
Qu'ele ne ganchisse ne fuie
Quant il i hurtera del piz.
3520 Ja fust ses voloirs aconpliz
Quant cil de pasmeisons revint,
Et li lions son cors retint,

Qui a la mort toz acorsez   [3515.
Coroit come pors aorsez
3525 Qui ne prant garde, ou il se fiere.
Mes sire Yvains an tel meniere
Dejoste le perron se pasme,
Au revenir mout fort se blasme
De l'an que trespassé avoit,
3530 Por quoi sa dame le haoit,
Et dit: „Que fet que ne se tue
Cist las qui joie s'est tolue?
Que faz je, las, qui ne m'oci?
Comant puis je demorer ci
3535 Et veoir les choses ma dame?
An mon cors por qu'arreste l'ame?
Que fet ame an si dolant cors?
S'ele s'an iert alee fors,
Ne seroit pas an tel martire.
3540 Haïr et blasmer et despire
Me doi voir mout et je si faz.
Qui pert la joie et le solaz
Par son mesfet et par son tort,
Mout se doit bien haïr de mort.
3545 Haïr et ocirre se doit;
Et gié, tant con nus ne me voit,
Por quoi m'esparng que ne me tu?
Don n'ai je cest lion veü
Qui por moi a si grant duel fet
3550 Qu'il se vost m'espee antreset
Parmi le piz el cors boter?
Et je doi la mort redoter,
Qui a duel ai joie changiee?
De moi s'est la joie estrangiee —
3555 Joie? La ques? N'an dirai plus;
Que ce ne porroit dire nus,
S'ai demandee grant oiseuse.
Des joies fu la plus joieuse
Cele qui m'iert aseüree;
3560 Mes mout m'ot petite duree.

Et qui ce pert par son mesfet,   [3553.
N'est droiz que buene avanture et."

QUE que il einsi se demante,
Une cheitive, une dolante
3565 Estoit an la chapele anclose,
Qui vit et oï ceste chose
Par le mur qui estoit crevez.
Maintenant qu'il fu relevez
De pasmeisons, si l'apela.
3570 „Deus!" fet ele, „cui oi ge la?
Qui est qui se demante si?"
Et cil li respont: „Et vos, qui?"
„Je sui", fet ele, „une cheitive,
La plus dolante riens qui vive."
3575 Et cil respont: „Tes, fole riens!
Tes diaus est joie, tes maus biens
Anvers le mien don je languis.
Tant con li hon a plus apris
A delit et a joie vivre,
3580 Plus le desvoie et plus l'enivre
Diaus, quant il l'a, que un autre home;
Uns foibles hon porte la some
Par us et par acostumance,
Qu'uns autre de greignor puissance
3585 Ne porteroit por nule rien."
„Par foi", fet ele, „je sai bien
Que c'est parole tote voire;
Mes por ce ne fet mie a croire
Que vos aiiez plus mal de moi;
3590 Et por ce mie ne le croi,
Qu'il m'est avis que vos poez
Aler quel part que vos volez,
Et je sui ci anprisonee,
Si m'est tes faeisons donee
3595 Que demain serai ceanz prise
Et livree a mortel juïse."
„Ha, Deus!" fet il, „por quel forfet?"
„Sire chevaliers, ja Deus n'et

De l'ame de mon cors merci   [3591.
3600 Se je l'ai mie deservi!
Et neporquant je vos dirai
Le voir, que ja n'an mantirai,
Por quoi je sui ci an prison:
L'an m'apele de traïson,
3605 Ne je ne truis qui m'an defande
Que l'an demain ne m'arde ou pande."
„Or primes", fet il, „puis je dire
Que li miens diaus et la moie ire
A la vostre dolor passee;
3610 Qu'estre porriiez delivree
Par cui que soit de cest peril.
Don ne porroit ce estre?" „Oïl.
Mes je ne sai ancor par cui.
Il ne sont el monde que dui
3615 Qui osassent por moi defandre
Vers trois homes bataille anprandre."
„Comant, por Deu, sont il donc troi?"
„Oïl, sire, a la moie foi.
Troi sont qui traïtre me claimment."
3620 „Et qui sont cil qui tant vos aimment,
Don li uns si hardiz seroit
Qu'a trois conbatre s'oseroit
Por vos sauver et garantir?"
„Je le vos dirai sanz mantir:
3625 Li uns est mes sire Gauvains
Et li autre mes sire Yvains,
Por cui demain serai a tort
Livree a martire de mort."
„Por cui?" fet il, „qu'avez vos dit?"
3630 „Sire, se Damedeus m'aït,
Por le fil au roi Uriien."
„Or vos ai antandue bien,
Mes vos n'i morroiz ja sanz lui.
Gié meïsmes cil Yvains sui,
3635 Por cui vos estes an esfroi;
Et vos estes cele, ce croi,

Qui an la sale me gardastes,　　　　　[3629.
Ma vie et mon cors me sauvastes
Antre les deus portes colanz,
3640　Ou je fui pansis et dolanz
Et angoisseus et antrepris.
Morz i eüsse esté ou pris
Se ne fust vostre buene aïe.
Or me dites, ma douce amie:
3645　Qui sont cil qui de traïson
Vos apelent et an prison
Vos ont anclose an cest reclus?“
„Sire, nel vos celerai plus
Des qu'il vos plest que jel vos die.
3650　Voirs est que je ne me fains mie
De vos eidier an buene foi.
Par l'amonestement de moi
Ma dame a seignor vos reçut,
Mon los et mon consoil an crut;
3655　Et, par la sainte Paternostre,　　　.
(Plus por son preu que por le vostre
Le cuidai feire et cuit ancore,
Itant vos an reconois ore)
S'enor et vostre volanté
3660　Porquis, se Deus me doint santé!
Mes quant ç'avint que vos eüstes
L'an trespassé que vos deüstes
Revenir a ma dame ça,
Ma dame a moi se correça
3665　Et mout se tint a deceüe
De ce qu'ele m'avoit creüe.
Et quant ce sot li seneschaus,
Uns fel, uns lerre, uns desleaus,
Qui grant anvie me portoit
3670　Por ce que ma dame creoit
Moi plus que lui de maint afeire,
Si vit bien que or pooit feire
Antre moi et li grant corroz.
An plainne cort et oiant toz

3675 M'amist que por vos l'oi traïe.   [3667.
     Et je n'oi consoil ne aïe
     Fors que moi sole qui savoie
     Qu'onques vers ma dame n'avoie
     Traïson feite ne pansee,
3680 Si respondi com esfreee
     Tot maintenant sanz consoil prandre
     Que je m'an feroie defandre
     Par un chevalier contre trois."
     Onques cil ne fu si cortois
3685 Que il le deignast refuser,
     Ne resortir ne reüser
     Ne me lut por rien qu'avenist.
     Einsi a parole me prist,
     Si me covint d'un chevalier
3690 Ancontre trois gage baillier
     Par respit de quarante jorz.
     Puis ai esté an maintes corz;
  . A la cort le roi Artu fui,
     N'i trovai consoil de nelui,
3695 Ne ne trovai qui me deïst
     De vos chose qui me seïst;
     Car il n'an savoient noveles."
     „Et mes sire Gauvains chaeles,
     Li frans, li douz, ou iert il donques?
3700 A s'aïe ne failli onques
     Dameisele desconseilliee,
     Que ne li fust apareilliee."
     „Se je a cort trové l'eüsse,
     Ja requerre ne li seüsse
3705 Rien nule qui me fust veee;
     Mes la reïne an a menee
     Uns chevaliers, ce me dist l'an,
     Don li rois fist que fors del san
     Quant aprés lui l'an anvoia.
3710 Je cuit que Keus la convoia
     Jusqu'au chevalier qui l'an mainne,
     S'an est antrez an mout grant painne

Mes sire Gauvains qui la quiert. [3705.
Ja mes nul jor a sejor n'iert
3715 Jusqu'a tant qu'il l'avra trovee.
Tote la verité provee
Vos ai de m'avanture dite.
Demain morrai de mort despite,
Si serai arse sanz respit
3720 Por mal de vos et por despit."
Et il respont: „Ja Deu ne place
Que l'an por moi nul mal vos face!
Tant con je vive n'i morroiz!
Demain atandre me porroiz
3725 Apareillié lonc ma puissance,
De metre an vostre delivrance
Mon cors si con je le doi feire.
Mes de conter ne de retreire
As janz, qui je sui, ne vos chaille!
3730 Que qu'avaingne de la bataille,
Gardez que l'an ne me conoisse!"
„Certes, sire, por nule angoisse
Vostre non ne descoverroie.
La mort einçois an soferroie
3735 Des que vos le volez einsi.
Et neporquant je vos depri
Que ja por moi ne reveigniez.
Ne vuel pas que vos anpreigniez
Bataille si tres felenesse.
3740 Vostre merci de la promesse
Que volantiers la feriiez,
Mes trestoz quites an soiiez!
Car miauz est que je sole muire,
Que je les veïsse deduire
3745 De vostre mort et de la moie;
Que por ce n'an eschaperoie
Quant il vos avroient ocis,
S'est miauz que vos remeigniez vis,
Que nos i fussiens mort andui."
3750 „Mout m'avez or dit grant enui",

7*

Fet mes sire Yvains, „douce amie!　　[3743.
Espoir ou vos ne volez mie
Estre delivre de la mort,
Ou vos despisiez le confort
3755 Que je vos faz de vos eidier.
Ne quier or plus a vos pleidier;
Que vos avez tant fet por moi,
Certes, que faillir ne vos doi
A nul besoing que vos aiiez.
3760 Bien sai que mout vos esmaiiez,
Mes, se Deu plest, an cui je croi,
Il an seront honi tuit troi.
Or n'i a plus, que je m'an vois
Ou que soit logier an cest bois;
3765 Que d'ostel pres ne sai je point.“
„Sire“, fet ele, „Deus vos doint
Et buen ostel et buene nuit
Et de chose qui vos enuit
Si con je le desir vos gart!“
3770 Tantost mes sire Yvains s'an part
Et li lions toz jorz aprés,
S'ont tant alé qu'il vindrent pres
D'un fort recet a un baron,
Qui clos estoit tot anviron
3775 De mur espés et fort et haut.
Li chastiaus ne cremoit asaut
De mangonel ne de perriere,
Qu'il estoit forz de grant meniere;
Mes fors des murs estoit si rese
3780 La place qu'il n'i ot remese
An estant borde ne meison.
Assez an savroiz la reison
Une autre foiz quant leus sera.
Tote la droite voie an va
3785 Mes sire Yvains vers le recet,
Et vaslet saillent jusqu'a set
Qui li ont le pont avalé,
Si li sont a l'ancontre alé.

Mes del lion que venir voient   [3781.
3790 Avuec lui duremant s'esfroient,
Si li dïent que, s'il li plest,
Son lion a la porte lest,
Qu'il ne les afot ou ocie.
Et il respont: „N'an parlez mie!
3795 Que ja n'i anterrai sanz lui.
Ou nos avrons ostel andui,
Ou je me remandrai ça fors;
Qu'autretant l'aim come mon cors.
Et neporquant n'an dotez rien!
3800 Que je le garderai si bien
Qu'estre porroiz tot a seür."
Cil respondent: „A buen eür!"
A tant sont el chastel antré
Et vont tant qu'il ont ancontré
3805 Chevaliers et dames venanz
Et dameiseles avenanz
Qui le salüent et desçandent
Et a lui desarmer antandent,
Si li dïent: „Bien soiiez vos,
3810 Biaus sire, venuz antre nos!
Et Deus vos i doint demorer
Tant que vos an puissiez torner
A grant joie et a grant enor!"
Des le plus haut jusqu'au menor
3815 Li font joie et formant s'an painnent,
A grant joie el chastel le mainnent.
Et quant grant joie li ont feite,
Une dolors qui les desheite
Lor refet la joie obliër,
3820 Si recomancent a criër
Et plorent et si s'esgratinent.
Einsi mout longuemant ne finent
De joie feire et de plorer:
Joie por lor oste enorer
3825 Font sanz ce que talant an aient;
Car d'une avanture s'esmaient,

Qu'il atandent a l'andemain, [3819.
S'an sont tuit seûr et certain
Qu'il l'avront einz que midis soit.
3830 Mes sire Yvains s'esbaïssoit
De ce que si sovant chanjoient
Et duel et joie demenoient,
S'an mist le seignor a reison
De l'ostel et de la meison.
3835 „Por Deu“, fet il, „biaus douz chiers sire,
Ice pleiroit vos il a dire,
Por quoi m'avez tant enoré
Et tant fet joie et tant ploré?“
„Oïl, s'il vos vient a pleisir;
3840 Mes le celer et le teisir
Devriiez miauz assez voloir.
Chose qui vos face doloir
Ne vos dirai je ja mon vuel.
Leissiez nos feire nostre duel,
3845 Si n'an metez ja rien au cuer!“
„Ce ne porroit estre a nul fuer
Que je duel feire vos veïsse
Et je a mon cuer n'an meïsse;
Einz le desir mout a savoir,
3850 Quel duel que je an doie avoir.“
„Donc“, fet il, „le vos dirai gié.
Mout m'a uns jaianz domagié,
Qui voloit que je li donasse
Ma fille qui de biauté passe
3855 Totes les puceles del monde.
Li fel jaianz cui Deus confonde
A non Harpins de la Montaingne.
N'est nus jorz que del mien ne praingne
Tot quanque il an puet ataindre.
3860 Nus miauz de moi ne se doit plaindre
Ne duel feire ne duel mener.
De duel devroie forsener,
Que sis fiz chevaliers avoie,
Plus biaus el monde ne savoie,

3865 Ses a toz sis li jaianz pris.   [3857.
   Veant moi a les deus ocis,
   Et demain ocirra les quatre
   Se je ne truis qui s'ost conbatre
   A lui por mes fiz delivrer,
3870 Ou se je ne li vuel livrer
   Ma fille; et dit, quant il l'avra,
   As plus vius garçons qu'il savra
   An sa meison et as plus orz
   La liverra por lor deporz;
3875 Qu'il ne la deigneroit mes prandre.
   A demain puis cest duel atandre
   Se Damedeus ne me consoille.
   Et por ce n'est mie mervoille,
   Biaus sire chiers, se nos plorons;
3880 Mes por vos tant con nos poons
   Nos resforçons a la foiiee
   De feire contenance liee;
   Car fos est qui prodome atret
   Antor lui s'enor ne li fet;
3885 Et vos me resanblez prodome.
   Or vos ai trestote la some
   Dite de nostre grant destresce.
   N'an chastel ne an forteresce
   Ne nos a leissié li jaianz
3890 Fors tant con nos avons ceanz.
   Vos meïsmes bien le veïstes
   Anuit se garde vos preïstes,
   Qu'il n'a leissié vaillant un oef
   Fors de cez murs qui tuit sont nuef,
3895 Einz a trestot le borc plené.
   Quant ce qu'il vost an ot mené,
   Si mist el remenant le feu.
   Einsi m'a fet maint mauvés jeu."
   MES sire Yvains tot escouta
3900 Quanque ses ostes li conta,
   Et quant trestot escouté ot,
   Si li redist ce que lui plot.

„Sire", fet il, „de vostre enui   [3895
Mout iriez et mout dolanz sui;
3905 Mes d'une chose me mervoil
Se vos n'an avez quis consoil
A la cort le buen roi Artu.
Nus hon n'est de si grant vertu
Qu'a sa cort ne poïst trover
3910 Teus qui voudroient esprover
Lor vertu ancontre la soe."
Et lors li descuevre et desnoe
Li riches hon, que il eüst
Buene aïe, se il seüst,
3915 Ou trover mon seignor Gauvain.
„Cil ne le preïst pas an vain,
Que ma fame est sa suer germainne;
Mes la fame le roi an mainne
Uns chevaliers d'estrange terre,
3920 Qui a la cort l'ala requerre.
Neporquant ja ne l'an eüst
Menee por rien qu'il seüst,
Ne fust Keus qui anbricona
Le roi tant que il li bailla
3925 La reïne et mist an sa garde.
Cil fu fos et cele musarde,
Qui an son conduit se fia,
Et je sui cil qui ja i a
Trop grant domage et trop grant perte;
3930 Car ce est chose tote certe
Que mes sire Gauvains, li preuz,
Por sa niece et por ses neveuz
Fust ça venuz grant aleüre
Se il seüst ceste avanture;
3935 Mes ne la set, don tant me grieve,
Por po que li cuers ne m'an crieve;
Einz est alez aprés celui
Cui Deus doint et honte et enui,
Quant menee an a la reïne."
3940 Mes sire Yvains onques ne fine

De sospirer quant ce antant;   [3933.
De la pitié que il l'an prant
Li respont: „Biaus douz sire chiers,
Je me metroie volantiers
3945 An l'avanture et el peril
Se li jaianz et vostre fil
Venoient demain a tel ore
Que n'i face trop grant demore;
Car je serai aillors que ci
3950 Demain a ore de midi
Si con je l'ai acreanté."
„Biaus sire, de la volanté
Vos merci gié," fet li prodon,
„Çant mile foiz an un randon."
3955 Et totes les janz de l'ostel
Redisoient tot autretel.

A tant vint d'une chanbre fors
La pucele, jante de cors
Et de face bele et pleisanz.
3960 Mout vint sinple, mate et teisanz,
N'onques ses diaus ne prenoit fin:
Vers terre tint le chief anclin.
Et sa mere revint de coste,
Que mostrer lor voloit son oste
3965 Li sire qui les ot mandees.
An lor mantiaus anvelopees
Vindrent por lor lermes covrir;
Et il lor comande a ovrir
Les mantiaus et les chiés lever
3970 Et dit: „Ne vos doit pas grever
Ce que je vos comant a feire;
Qu'un prodome mout de bon' eire
Nos a Deus et buene avanture
Ceanz doné, qui m'asseüre
3975 Qu'il se conbatra au jaiant.
Or n'alez ja plus delaiant
Qu'au pié ne l'an ailliez cheoir!"
„Ce ne me lest ja Deus veoir!"

Fet mes sire Yvains maintenant;   [3971.
3980 „Voir, ne seroit pas avenant
      Que au pié me venist la suer
      Mon seignor Gauvain a nul fuer
      Ne sa niece. Deus m'an defande
      Qu'orguiauz an möi tant ne s'estande
3985 Que a mon pié venir les les!
      Voir ja n'obliëroie mes
      La honte que je an avroie;
      Mes de ce buen gre lor savroie
      Se eles se reconfortoient
3990 Jusqu'a demain que eles voient
      Se Deus les voudra conseillier.
      Moi n'an covient il plus proiier,
      Mes que li jaianz si tost vaingne
      Qu'aillors mantir ne me covaingne;
3995 Que por rien je ne leisseroie
      Que demain a midi ne soie
      Au plus grant afeire por voir,
      Que je onques poïsse avoir.“
      Einsi ne les viaut pas del tot
4000 Asseürer; car an redot
      Est que li jaianz ne venist
      A tel ore que il poïst
      Venir a tans a la pucele
      Qui est anclose an la chapele.
4005 Et neporquant tant lor promet
      Qu'an buene esperance les met.
      Et tuit et totes l'an morcïent;
      Qu'an sa proesce mout se fïent
      Et mout cuident qu'il soit prodon
4010 Por la conpaignie au lion
      Qui aussi doucemant se gist
      Lez lui com uns aigniaus feïst.
      Por l'esperance qu'an lui ont
      Se confortent et joie font.
4015 N'onques puis duel ne demenerent.
      Quant ore fu, si l'an menerent

Couchier an une chanbre clere, [4009.
Et la dameisele et sa mere
Furent andeus a son couchier;
4020 Qu'eles l'avoient ja mout chier,
Et çant mile tanz plus l'eüssent
Se la corteisie seüssent
Et la grant proesce de lui.
Il et li lions anbedui
4025 Leanz jurent et reposerent,
Qu'autres janz gesir n'i oserent;
Einz lor fermerent si bien l'uis
Que il n'an porent issir puis
Jusqu'au demain a l'ajornee.
4030 Quant la chanbre fu desfermee,
Si se leva et oï messe
Et atandi por la promesse
Qu'il lor ot feite jusqu'a prime.
Le seignor del chastel meïme
4035 Apele oiant toz, si li dit:
„Sire, je n'ai plus de respit,
Einz m'an irai, si ne vos poist;
Que plus demorer ne me loist.
Mes sachiez bien veraiemant
4040 Que volantiers et buenemant,
Se trop n'eüsse grant besoing
Et mes afeires ne fust loing,
Demorasse ancor une piece
Por les neveuz et por la niece
4045 Mon seignor Gauvain que j'aim mout!"
Trestoz li sans fremist et bout
A la pucele de peor,
Et a la dame et au seignor;
Tel peor ont qu'il ne s'an aut,
4050 Que il li vostrent de si haut
Com il furent au pié venir,
Quant il lor prist a sovenir
Que lui ne fust ne bel ne buen.
Lors li ofre a doner del suen
4055 Li sire, s'il an viaut avoir,

Ou soit de terre ou soit d'avoir,   [4048.
Mes que ancor un po atande.
Et il respont: „Deus m'an defande
Que je ja nule rien an aie!"
4060 Et la pucele qui s'esmaie
Comance formant a plorer,
Si li prie de demorer.
Come destroite et angoisseuse
Por la reïne glorïeuse
4065 Del ciel et des anges li prie
Et por Deu, qu'il ne s'an aut mie,
Einz atande ancore un petit,
Et por son oncle don il dit,
Que il conoist et aimme et prise.
4070 Lors l'an est mout granz pitiez prise
Quant il ot qu'ele se reclaimme
De par celui que il plus aimme,
Et de par la dame des ciaus,
Et de par Deu qui est li miaus
4075 Et la douçors de pïëté.
D'angoisse a un sospir gité,
Que por le reaume de Tarse
Ne voudroit que cele fust arse,
Que il avoit asseûree.
4080 Sa vie avroit corte duree,
Ou il istroit toz vis del sans
S'il n'i pooit venir a tans;
Et d'autre part an grant destresce
Le detient la granz jantillesce
4085 Mon seignor Gauvain, son ami,
Que por po ne li faut par mi
Li cuers quant demorer ne puet.
Neporquant ancor ne se muet,
Einçois demore et si atant
4090 Tant que li jaianz vint batant,
Qui les chevaliers amenoit;
Et a son col un pel tenoit
Grant et quarré, agu devant,

Don les aloit sovant botant.   [4086.
4095 Et il n'avoient pas vestu
De robe vaillant un festu
Fors chemises sales et ordes,
S'avoient bien liiez de cordes
Les piez et les mains, si seoient
4100 Sor quatre roncins qui clochoient,
Foibles et megres et redois.
Chevauchant vindrent lez un bois,
Et uns nains come boz anflez
Les ot coe a coe noez,
4105 Ses aloit costoiant toz quatre,
N'onques ne les finoit de batre
D'une corgiee a quatre neuz,
Don mout cuidoit feire que preuz;
Si les batoit si qu'il seinnoient;
4110 Einsi vilmant les amenoient
Antre le jaiant et le nain.
Devant la porte anmi un plain
S'areste li jaianz et crie
Au prodome que il desfie
4115 Ses fiz de mort, s'il ne li baille
Sa fille, et a sa garçonaille
La liverra a jaelise;
Car il ne l'aimme tant ne prise
Qu'an li se deignast avillier.
4120 De garçons avra un millier
Avuec li sovant et menu,
Qui seront poeilleus et nu
Tel con ribaut et torchepot,
Qui tuit i metront lor escot.
4125 Por po que li prodon n'esrage
Quant ot celui qui a putage
Dit que sa fille liverra,
Ou tantost si qu'il le verra
Seront ocis si quatre fil;
4130 S'a tel destresce come cil
Qui miauz s'ameroit morz que vis.

Sovant se claimme las cheitis [4124.
Et plore formant et sospire.
Et lors li ancomance a dire
4135 Mes sire Yvains li frans, li douz:
„Sire, mout est fel et estouz
Cil jaianz qui la fors s'orguelle;
Mes ja Deus ce sofrir ne vuelle
Qu'il et pooir an vostre fille!
4140 Mout la despite et mout l'aville.
Trop seroit granz mesavanture
Se si tres bele criature
Et de si haut parage nee
Iert a garçons abandonee.
4145 Ça mes armes et mon cheval!
Et feites le pont treire a val,
Si m'an leissiez outre passer!
L'un an covandra ja verser,
Ou moi ou lui, ne sai le quel.
4150 Se je le felon, le cruël,
Qui si vos va contraliant,
Pooie feire humeliant
Tant que voz fiz vos randist quites
Et les hontes qu'il vos a dites
4155 Vos venist ceanz amander,
Puis vos voudroie comander
A Deu, s'iroie an mon afeire."
Lors li vont son cheval fors treire
Et totes ses armes li baillent,
4160 De lui armer mout se travaillent
Et bien et tost l'ont atorné.
A lui armer n'ont sejorné
Se tot le mains non que il porent.
Quant bien et bel atorné l'orent,
4165 Si n'i ot que de l'avaler
Le pont et del leissier aler.
L'an li avale et il s'an ist;
Mes aprés lui ne remassist
Li lions an nule meniere.

4170 Et cil qui sont remés arriere   [4162.
　　　Le comandent au sauveor;
　　　Car de lui ont mout grant peor
　　　Que li maufez, li anemis,
　　　Qui maint prodome avoit ocis,
4175 Veant lor iauz anmi la place
　　　Autretel de lui ne reface;
　　　Si prïent Deu qu'il le defande
　　　De mort, et vif et sain lor rande,
　　　Et le jaiant li doint ocirre.
4180 Chascuns si com il le desirre
　　　An prie Deu mout doucemant.
　　　Et li jaianz mout fieremant
　　　Vint vers lui, si le menaça
　　　Et dist: „Cil qui t'anvea ça
4185 Ne t'amoit mie, par mes iauz!
　　　Certes, il ne se pooit miauz
　　　De toi vangier an nule guise.
　　　Mout a bien sa vanjance prise
　　　De quanque tu li as mesfet.“
4190 „De neant es antrez an plet!“
　　　Fet cil qui ne le dote rien,
　　　„Or fai ton miauz! et je le mien,
　　　Que parole oiseuse me lasse.“
　　　Tantost mes sire Yvains li passe, .
4195 Cui tarde qu'il s'an soit partiz.
　　　Ferir le va anmi le piz
　　　Qu'il ot armé d'une pel d'ors.
　　　Et li jaianz li vient le cors
　　　De l'autre part atot son pel.
4200 Anmi le piz li dona tel
　　　Mes sire Yvains que la pel fausse,
　　　El sanc del cors an leu de sausse
　　　Le fer de la lance li moille;
　　　Et li jaianz del pel le roille
4205 Si que trestot ploiier le fet.
　　　Mes sire Yvains l'espee tret,
　　　Don il savoit ferir granz cos.

Le jaiant a trové desclos,   [4200.
Qui an sa force se fioit

4210 Tant que armer ne se deignoit.
Et cil qui tint l'espee treite
Li a une anvaïe feite.
Del tranchant, non mie del plat,
Le fiert si que il li abat

4215 De la joe une charbonee.
Et cil li ra une donee
Del pel que tot le fet brunchier
Jusque sor le col del destrier.
A cest cop li lions se creste,

4220 De son seignor eidier s'apreste,
Si saut par ire et par grant force,
S'aert et fant com une escorce
Sor le jaiant la pel velue,
Desoz la pel li a tolue

4225 Une grant piece de la hanche,
Les ners et les braons li tranche.
Et li jaianz li est estors,
Si bret et crie come tors;
Que mout l'a li lions grevé.

4230 A deus mains a le pel levé
Et cuide ferir, mes il faut.
Et li lions arriere saut,
Si pert son cop et chiet an vain
Par delez mon seignor Yvain,

4235 Que l'un ne l'autre n'adesa.
Et mes sire Yvains antesa,
Si a deus cos antrelardez.
Einçois qu'il se fust regardez
Li ot au tranchant de l'espee

4240 L'espaule del bu desevree.
A l'autre cop soz la memele
Li bota tote l'alemele
De s'espee parmi le foie.
Li jaianz chiet, la morz l'asproie;

4245 Et se uns granz chasnes cheïst,

Ne cuit greignor esfrois feïst [4238.
Que li jaianz fist au cheoir.
Cest cop vostrent mout tuit veoir
Cil qui estoient as creniaus.
4250 Lors i parut li plus isniaus;
Car tuit corent a la cuiriee
Si con li chien qui ont chaciee
La beste tant que il l'ont prise.
Einsi corurent sanz feintise
4255 Tuit et totes par anhatine
La ou cil gist gole sovine.
Li sire meïsmes i cort
Et totes les janz de sa cort,
Cort i la fille, cort la mere.
4260 Or ont joie li quatre frere
Qui mout avoient mal sofert.
De mon seignor Yvain sont cert
Qu'il nel porroient retenir
Por rien qui poïst avenir,
4265 Si li prïent de retorner
Por deduire et por sejorner
Tot maintenant que fet avra
Son afeire la ou il va.
Et il respont qu'il ne les ose
4270 Asseürer de nule chose,
Qu'il ne set mie deviner
S'il li doit bien ou mal finer;
Mes au seignor itant dist il
Qu'il voloit que si quatre fil
4275 Et sa fille praingnent le nain,
S'aillent a mon seignor Gauvain
Quant il savront qu'il iert venuz,
Et comant il s'est contenuz
Viaut que li soit dit et conté.
4280 Car por neant fet la bonté,
Qui ne viaut qu'ele soit seüe.
Et il dïent: „Ja n'iert teüe
Ceste bontez; car n'est pas droiz.

Bien ferons quanque vos voudroiz;   [4276.
4285 Mes dites nos que nos porrons
Dire quant devant lui vandrons.
De cui nos porrons nos loer
Quant nos ne vos savons nomer?"
Et il respont: „Tant li porroiz
4290 Dire quant devant lui vandroiz
Que li Chevaliers au Lion
Vos dis que je avoie non.
Et avuec ce priier vos doi
Que vos li dites de par moi
4295 Qu'il me conoist bien et je lui,
Et si ne set qui je me sui.
De rien nule plus ne vos pri.
Or m'an estuet aler de ci,
Et c'est la riens qui plus m'esmaie
4300 Que je ci trop demoré n'aie;
Car einz que midis soit passez
Avrai aillors a feire assez
Se je i puis venir a ore."
Lors s'an part, que plus n'i demore.
4305 Mes einçois mout priié li ot
Li sire au plus bel que il pot
Que ses quatre fiz an menast.
N'i ot nul qui ne se penast
De lui servir se il vossist,
4310 Mes ne li plot ne ne li sist
Que nus li feïst conpaignie:
Seus lor a la place guerpie.
Et maintenant que il s'esmuet,
Tan con chevaus porter l'an puet
4315 S'an retorne vers la chapele.
La voie fu et droite et bele
Et il la sot mout bien tenir.
Mes einz que il poïst venir
A la chapele, an fu fors treite
4320 La dameisele et la rez feite,
Ou ele devoit estre mise.

Trestote nue an sa chemise [4314.
Au feu liiee la tenoient
Cil qui a tort li ametoient
4325 Ce qu'ele onques pansé n'avoit.
Mes sire Yvains vient, si la voit
Au feu, ou an la viaut ruiier,
Et ce li dut mout enuiier.
Cortois ne sages ne seroit,
4330 Qui de rien nule an doteroit.
Voirs est que mout li enuia,
Mes buene fiance an lui a
Que Deus et droiz li eideront,
Qui a sa partie seront:
4335 An cez conpaignons mout se fie
Et son lion ne rehet mie.
Vers la presse toz esleissiez
S'an va criant: „Leissiez, leissiez
La dameisele, janz mauveise!
4340 N'est droiz qu'an re ne an forneise
Soit mise, que forfet ne l'a."
Et cil tantost que ça que la
Se departent, si li font voie.
Et lui est mout tart que il voie
4345 Des iauz celi que ses cuers voit
An quel que leu que ele soit;
As iauz la quiert tant qu'il la trueve,
Et met son cuer an tel esprueve
Qu'il le retient et si l'afrainne
4350 Si con l'an retient a grant painne
Au fort frain le cheval tirant.
Et neporquant an sospirant
La regarde mout volantiers,
Mes ne fet mie si antiers
4355 Ses sospirs que l'an les conoisse,
Einz les retranche a grant angoisse.
Et de ce granz pitiez li prant
Qu'il ot et voit et si antant
Les povres dames qui feisoient

8*

4360 Mout tres grant duel et si disoient: [4352.
„Ha! Deus, con nos as obliëes!
Con remandrons or esgarees,
Qui perdomes si buene amie
Et tel consoil et tel aïe
4365 Qui a la cort por nos estoit!
Par son consoil nos revestoit
Ma dame de ses robes veires.
Mout changera or li afeires,
Qu'il n'iert mes qui por nos parot.
4370 Mal et de Deu, qui la nos tot!
[Mal et, par cui nos la perdrons!
Que trop grant domage i avrons.]
N'iert mes qui die ne qui lot:
„„Cest mantel ver et cest sorcot
4375 Et ceste cote, chiere dame,
Donez a cele franche fame!
Que voir, se vos li anvoiiez,
Mout i sera bien anploiiez;
Que ele an a mout grant sofreite.““
4380 Ja de ce n'iert parole treite;
Car nus n'est mes frans ne cortois,
Einz demande chascuns einçois
Por lui que por autrui ne fet
Sanz ce que nul mestier an et.“
4385 EINSI se demantoient celes,
Et mes sire Yvains iert antr'eles,
S'ot bien oïes les conplaintes
Qui n'estoient fausses ne faintes,
Et vit Lunete agenoilliee
4390 An sa chemise despoilliee,
Qui sa confesse avoit ja prise
Et Deu de ses pechiez requise
Merci et sa coupe clamee.
Et cil qui mout l'avoit amee
4395 Vient vers li, si l'an lieve a mont
Et dit: „Ma dameisele, ou sont
Cil qui vos blasment et ancusent?

Tot maintenant, s'il nel refusent,   [4390.
Lor iert la bataille arramie."
4400 Et cele qui ne l'avoit mie
Ancor veü ne esgardé
Li dit: „Sire, de la part De
Veigniez vos a mon grant besoing!
Cil qui portent le faus tesmoing
4405 Sont ci vers moi tuit apresté;
S'un po eüssiez plus esté,
Par tans fusse charbons et çandre.
Venuz estes por moi defandre,
Et Deus le pooir vos an doint
4410 Einsi con gié de tort n'ai point
Del blasme don je sui retee!"
Ceste parole ont escoutee
Li seneschaus et si dui frere.
„Ha!" font il, „fame, chose avere
4415 De voir dire et de mantir large!
Mout est ore fos qui ancharge
Por ta parole si grant fes.
Mout est li chevaliers nïés
Qui est venuz morir por toi,
4420 Qu'il est seus et nos somes troi.
Mes je li lo qu'il s'an retort
Einçois que a noauz li tort."
Et cil respont cui mout enuie:
„Qui peor avra, si s'an fuie!
4425 Ne criem pas tant voz trois escuz
Que sanz cop m'an aille veincuz.
Mout seroie or mal afeitiez
Se je toz sains et toz heitiez
La place et le chanp vos leissoie.
4430 Ja tant con je sains et vis soie
Ne m'an fuirai por tes menaces.
Mes je te lo bien que tu faces
La dameisele clamer quite,
Que tu as a grant tort sordite;
4435 Qu'ele le dit et je l'an croi,

Si m'an a plevie sa foi   [4428.
Et dit sor le peril de s'ame
Qu'onques traïson vers sa dame
Ne fist ne dist ne ne pansa.
4440 Bien croi ce qu'ele dit m'an a,
Si la defandrai se je puis;
Que son droit an m'aïe truis.
Et qui le voir dire an voudroit,
Deus se retient devers le droit,
4445 · Que Deus et droiz a un se tienent;
Et quant il devers moi s'an vienent,
Donc ai je meillor conpaignie
Que tu n'as, et meillor aïe."
Et cil respont mout folemant
4450 Que il mete an son nuisemant
Trestot quanque lui plest et siet,
Mes que ses lions ne li griet.
Et cil dit qu'onques son lion
N'i amena por chanpion,
4455 N'autrui que lui mesler ne quiert;
Mes se ses lions le requiert,
Si se defande vers lui bien;
Qu'il ne l'an afie de rien.
Et cil respont: „Que que tu dies,
4460 Se tu ton lion ne chasties
Et tu nel fes an pes ester,
Donc n'as tu ci que demorer,
Mes reva t'an! si feras san;
Que par tot cest païs set l'an
4465 Comant ceste traï sa dame,
S'est droiz que an feu et an flame
L'an soit randue la merite."
„Ne place le saint Esperite!"
Fet cil qui bien an set le voir,
4470 „Ja Deus ne m'an let removoir
Tant que je delivree l'aie!"
Lors dit au lion qu'il se traie
Arriere et que toz coiz se gise,

Et il le fet a sa devisc.   [4466.

4475 L I lions s'est arriere trez.
      Tantost la parole et li plez
Remaint d'aus deus, si s'antresloingnent.
Li troi ansanble vers lui poingnent,
Et il vint ancontre aus le pas,
4480 Que desreer ne se vost pas
As premiers cos ne angoissier.
Lor lances lor leisse froissier
Et si retient la soe sainne,
De son escu lor fet quintainne,
4485 S'i a chascuns sa lance freite.
Et il a une pointe feite
Tant que d'aus un arpant s'esloingne;
Mes tost revint a la besoingne,
Qu'il n'a cure de lonc sejor.
4490 Le seneschal an son retor
Devant ses deus freres ataint,
Sa lance sor le cors li fraint,
Sel porte a terre maugré suen;
Et cop li a doné si buen
4495 Qu'une grant piece estordiz jut
Ne de rien nule ne li nut.
Et li autre dui sus li vienent,
As espees que nues tienent
Li donent granz cos anbedui,
4500 Mes plus granz reçoivent de lui;
Que de ses cos vaut li uns seus
Des lor tot a mesure deus;
Si se defant vers aus si bien
Que de son droit n'an portent rien
4505 Tant que li seneschaus relieve,
Qui de tot son pooir li grieve,
Et li autre avoec lui se painnent
Tant qu'il le grievent et sormainnent.
Et li lions qui ce esgarde
4510 De lui eidier plus ne se tarde,
Que mestiers li est, ce li sanble.

Et les dames totes ansanble, [4504.
Qui la dameisele mout aimment,
Damedeu sovant an reclaimment
4515 Et si li prïent de buen cuer
Que sofrir ne vuelle a nul fuer
Que cil i soit morz ne conquis
Qui por li s'est el chaple mis.
De prïiere aïe li font
4520 Les dames, qu'autres bastons n'ont.
Et li lions li fet aïe
Tel qu'a la premiere anvaïe
A de si grant aïr feru
Le seneschal qui a pié. fu
4525 Que aussi con ce fussent pailles
Fet del hauberc voler les mailles
Et contre val si fort le sache
Que de l'espaule li esrache
Le tandron atot le costé.
4530 Quanqu'il ataint, an a osté
Si que les antrailles li perent.
Cest cop li autre dui conperent.

OR sont el chanp tot per a per.
De la mort ne puet eschaper
4535 Li seneschaus qui se tooille
Et devoute an l'onde vermoille
Del sanc chaut qui del cors li saut.
Li lions les autres asaut,
Qu'arriere ne l'an puet chacier
4540 Por ferir ne por menacier
Mes sire Yvains an nule guise,
S'i a il mout grant painne mise;
Mes li lions sanz dote set
Que ses sire mie ne het
4545 S'aïe, einçois l'an aimme plus,
Si lor passe fieremant sus
Tant que de ses cos fort se plaingnent
Et lui reblescent et mahaingnent.
Quant mes sire Yvains voit blecié

4550 Son lion, mout a correcié   [4542.
   Le cuer del vantre et n'a pas tort;
   Mes del vangier se painne fort,
   Si les va si estoutoiant
   Qu'il les mainne jusqu'a noiant
4555 Si que vers lui ne se defandent
   Et que an sa merci se randent
   Par l'aïe que li a feite
   Li lions qui mout se desheite;
   Car an tanz leus estoit plaiiez [4552.
4560 Que bien pooit estre esmaiiez.   [4551.
   Et d'autre part mes sire Yvains
   Ne restoit mie trestoz sains,
   Einz avoit el cors mainte plaie;
   Mes de tot ce tant ne s'esmaie
4565 Con de son lion qui se diaut.
   Or a tot einsi com il viaut
   Sa dameisele delivree,
   Et s'ire li a pardonee
   La dame trestot de son gre.
4570 Et cil furent ars an la re
   Qui por li ardoir fu csprise;
   Car ce est reisons de justise
   Que cil qui autrui juge a tort
   Doit de cele meïsmes mort
4575 Morir, que il li a jugiee.
   Or est Lunete baude et liee
   Quant a sa dame est acordee,
   Si ont tel joie demenee
   Que nule janz si grant ne firent;
4580 Et tuit a lor seignor ofrirent
   Lor servise si com il durent,
   Sanz ce que il ne le conurent;
   Et nes la dame qui avoit
   Son cuer et si ne le savoit
4585 Li pria mout qu'il li pleüst
   A sejorner tant qu'il eüst
   Respassé son lion et lui.

Et il dit: „Dame, ce n'iert hui   [4580.
Que je me remaingne an cest point
4590   Tant que ma dame me pardoint
 Son mautalant et son corroz:
Lors finera mes travauz toz.“
„Certes“, fet ele, „ce me poise.
Ne taing mie por tres cortoise
4595   La dame qui mal cuer vos porte.
Ne deüst pas veer sa porte
A chevalier de vostre pris
Se trop n'eüst vers li mespris.“
„Dame“, fet il, „que qu'il me griet,
4600   Trestot me plest quanque li siet,
Mes ne m'an metez plus an plet!
Que l'achoison ne le forfet
Ne diroie por nule rien
. Se çaus non qui le sevent bien.“
4605   „Set le donc nus se vos dui non?“
„Oïl, voir, dame!“ — „Et vostre non
Soviaus, biaus sire, car nos dites!
Puis si vos an iroiz toz quites.“
„Toz quites, dame? Non feroie.
4610   Plus doi que randre ne porroie.
Neporquant ne vos doi celer
Comant je me faz apeler.
Ja del Chevalier au Lion
N'orroiz parler se de moi non.
4615   Par cest non vuel que l'an m'apiaut.“
„Por Deu, biaus sire, ce qu'espiaut
Que onques mes ne vos veïmes
Ne vostre non nomer n'oïmes?“
„Dame, par ce savoir poez
4620   Que ne sui gueires renomez.“
Lors dit la dame de rechief:
„Ancor s'il ne vos estoit grief
De remenoir vos priëroie.“
„Certes, dame, je n'oseroie
4625   Tant que certainnement seüsse

Que le buen gre ma dame eüsse.". [4618.
„Or alez donc a Deu, biaus sire,
Qui vostre pesance et vostre ire
Vos atort se lui plest a joie!"
4630 „Dame", fet il, „Deus vos an oie!"
Puis dist antre ses danz soef:
„Dame, vos an portez la clef,
Et la serre et l'escrin avez,
Ou ma joie est, si nel savez."
4635 A tant s'an part a grant angoisse,
Si n'i a nul qui le conoisse
Fors que Lunete solemant
Qui le convea longuemant.
Lunete sole le convoie,
4640 Et il li prie tote voie
Que ja par li ne soit seü,
Quel chanpion ele a eü.
„Sire", fet ele, „non iert il."
Aprés ce li repria cil
4645 Que de lui li resovenist
Et vers sa dame li tenist
Buen leu s'ele an venoit an eise.
Cele li dit que il s'an teise,
Qu'ele n'an iert ja oblïeuse
4650 Ne recreanz ne pereceuse:
Et cil l'an mercie çant foiz,
Si s'an va pansis et destroiz
Por son lion que li estuet
Porter, que siure ne le puet.
4655 An son escu li fet litiere
De la mosse et de la fouchiere.
Quant il li a feite sa couche,
Au plus soef qu'il puet le couche,
Si l'an porte tot estandu
4660 Dedanz l'anvers de son escu.
Einsi an son escu l'an porte
Tant que il vint devant la porte
D'une meison et fort et bele.

Ferme la trueve, si apele,   [4656.
4665 Et li portiers overte l'a
Si tost qu'onques n'i apela
Un mot aprés le premerain.
A la resne li tant sa main,
Si li dit: „Biaus sire, or avant!
4670 L'ostel mon seignor vos presant
Se il vos i plest a desçandre."
„Cest presant", fet il, „vuel je prandre;
Car je an ai mout grant mestier
Et si est tans de herbergier."
4675 A tant a la porte passee
Et vit la mesniee amassee,
Qui tuit a l'ancontre li vont.
Salüé et desçandu l'ont,
Si li metent sor un perron
4680 Son escu atot le lion,
Et li autre ont son cheval pris,
Si l'ont an une estable mis,
Et li autre si com il doivent
Ses armes pranent et reçoivent.
4685 Et li sire la novele ot:
Tot maintenant que il le sot
Vient an la cort, si le salue;
Et la dame est aprés venue
Et si fil et ses filles totes,
4690 Et d'autres janz i ot granz rotes,
Sil herbergierent a grant joie.
Mis l'ont an une chanbre coie
Por ce que malade le truevent,
Et de ce mout bien se repruevent
4695 Que son lion avuec lui metent.
Et de lui garir s'antremetent
Deus puceles qui mout savoient
De cirurgie et si estoient
Filles au seignor de leanz.
4700 Jorz i sejorna ne sai quanz
Tant que il et ses lions furent

Gari et que raler s'an durent.   [4694.

MES dedanz ce fu avenu
   Que a la Mort ot plet tenu
4705 Li sire de la Noire Espine,
Si prist a lui tel anhatine
La Morz que morir le covint.
Aprés sa mort einsi avint
De deus filles que il avoit
4710 Que l'ainznee dist qu'ele avroit
Trestote la terre a delivre
Toz les jorz qu'ele avroit a vivre,
Que ja sa suer n'i partiroit.
Et l'autre dist que ele iroit
4715 A la cort le roi Artu querre
Aïe a desresnier sa terre.
Et quant l'autre vit que sa suer
Ne li soferroit a nul fuer
Tote la terre sanz tançon,
4720 S'an fu an mout grant cusançon
Et pansa que s'ele pooit
Einçois de li a cort vandroit.
A tant s'aparoille et atorne,
Ne demore ne ne sejorne.
4725 Einz erra tant qu'a la cort vint.
Et l'autre aprés sa voie tint
Et quanqu'ele pot se hasta,
Mes sa voie et ses pas gasta;
Que la premiere avoit ja fet
4730 A mon seignor Gauvain son plet,
Et il li avoit otroiié
Quanqu'ele li avoit proiié.
Mes tel covant antr'aus avoit
Que se nus par li le savoit
4735 Ja puis ne s'armeroit por li,
Et ele l'otroia einsi.

A tant vint l'autre suer a cort,
   Afublee d'un mantel cort
D'escarlate et de fres ermine,

4740 S'avoit tierz jor que la reïne   [4732.
Estoit de la prison venue,
Ou Meleaganz l'ot tenue
Et trestuit li autre prison,
Et Lanceloz par traïson
4745 Estoit remés dedanz la tor.
Et an celui meïsmes jor
Que a la cort vint la pucele
I fu venue la novele
Del jaiant cruël et felon
4750 Que li Chevaliers au Lion
Avoit an bataille tüé.
De par lui orent salüé
Mon seignor Gauvain si neveu.
Le grant servise et le grant preu
4755 Que il lor avoit por lui fet
Li a tot sa niece retret
Et dist que bien le conoissoit,
Si ne savoit qui il estoit.
CESTE parole a antandue
4760 Cele qui mout iert esperdue
Et trespansee et esbahie,
Que nul consoil ne nule aïe
A la cort trover ne cuidoit
Quant toz li miaudre li failloit;
4765 Qu'ele avoit an mainte meniere
Et par amor et par proiiere
Essaiié mon seignor Gauvain.
Et il li dist: „Amie, an vain
M'an priiez, car je nel puis feire;
4770 Car j'ai anpris un autre afeire
Que je ne leisseroie pas.“
Et la pucele enes le pas
S'an part et vient devant le roi.
„Rois“, fet ele, „je ving a toi
4775 Et a ta cort querre consoil.
N'an i truis point; mout m'an mervoil
Quant je consoil n'i puis avoir.

Mes ne feroie pas savoir   [4770.
Se je sanz congié m'an aloie.
4780 Et sache ma suer tote voie
Qu'avoir porroit ele del mien
Par amors s'ele an voloit rien;
Que ja par force que je puisse,
Por qu'aïe ne consoil truisse,
4785 Ne li leirai mon heritage!"
„Vos dites", fet li rois, „que sage.
Andemantres que ele est ci
Je li consoil et lo et pri
Qu'ele vos lest vostre droiture."
4790 Et cele qui estoit seüre
Del meillor chevalier del monde
Li dit: „Sire, Deus me confonde
Se ja de ma terre li part
Chastel ne vile ne essart
4795 Ne bois ne terre n'autre chose!
Mes se uns chevaliers s'an ose
Por li armer, qui que il soit,
Qui vuelle desresnier son droit,
Si vaingne trestot maintenant!"
4800 „Ne li ofrez mie avenant,"
Fet li rois, „que plus i estuet.
S'ele viaut, porchacier se puet
Au mains jusqu'a quarante jorz
Au jugemant de totes corz."
4805 Et cele dit: „Biaus sire rois,
Vos poez establir voz lois
Teus con vos plest et buen vos iert,
N'a moi n'ataint n'a moi n'afiert
Que je desdire vos an doive,
4810 Si me covient que je reçoive
Le respit s'ele le requiaut."
Et cele dit qu'ele le viaut
Et mout le desirre et demande.
Tantost le roi a Deu comande,   [4806.
4815 Si s'est de la cort departie   *

Et panse qu'an tote sa vie
Ne finera par tote terre   [4807.
Del Chevalier au Lion querre,
Qui met sa painne a conseillier
4820 Celes qui d'aïe ont mestier.
      EINSI est an la queste antree
        Et trespasse mainte contree,
      Qu'onques noveles n'an aprist,
      Don tel duel ot que maus l'an prist.
4825 Mes de ce mout bien li avint
      Que chiés un suen acointe vint,
      Ou ele estoit amee mout,
      Si paroit mout bien a son vout
      Qu'ele n'estoit mie bien sainne.
4830 A li retenir mirent painne
      Tant que son afeire lor dist.
      Et une autre pucele anprist
      La voie qu'ele avoit anprise,
      Por li s'est an la queste mise.
4835 Einsi remest cele a sejor
      Et cele erra au lonc del jor
      Tote sole grant anbleüre
      Tant que vint a la nuit oscure,
      Si li enuia mout la nuiz.
4840 Et de ce dobla li enuiz
      Qu'il plovoit a si grant desroi
      Con Damedeus avoit de quoi,
      Et fu el bois mout an parfont.
      Et la nuiz et li bois li font
4845 Grant enui, mes plus li enuie
      Que li bois ne la nuiz la pluie.
      Et li chemins estoit si maus
      Que sovant estoit ses chevaus
      Jusque pres des çangles el tai,
4850 Si pooit estre an grant esmai
      Pucele an bois et sanz conduit
      Par mal tans et par male nuit
      Si noire qu'ele ne veoit

Le cheval sor quoi se seoit. [4844.

4855 Et por ce reclamoit adés
Deu avant et sa mere aprés
Et puis toz sainz et totes saintes
Et fist la nuit oreisons maintes
Que Deus a ostel la menast
4860 Et fors de cel bois la gitast,
Si pria tant que ele oï
Un cor don mout se resjoï;
Qu'ele cuide que ele truisse
Ostel, mes que venir i puisse,
4865 Si s'est vers la voiz adreciee
Tant qu'ele antre an une chauciee,
Et la chauciee droit la mainne
Vers le cor don ele ot l'alainne;
Que par trois foiz mout longuemant
4870 Sona li corz mout hautemant.
Et ele erra droit vers la voiz
Tant qu'ele vint a une croiz
Qui sor la chauciee iert a destre,
Et la pansa que pooit estre
4875 Li corz et cil qui l'ot soné.
Cele part a esperoné
Tant qu'ele aproche vers un pont
Et vit d'un chastelet reont
Les murs blans et la barbacane.
4880 Einsi par avanture assane
Au chastel, si s'i adreça
Par la voiz qui l'i amena.
La voiz del cor l'i a atreite,
Que soné avoit une gueite
4885 Qui sor les murs montee estoit.
Tantost con la gueite la voit,
Si la salue et puis desçant
Et la clef de la porte prant,
Si li oevre et dit: „Bien veigniez,
4890 Pucele, qui que vos soiiez!
Anquenuit avroiz buen ostel."

„Je ne demandoie hui mes el,“   [4882.
Fet la pucele, et il l'an mainne.
Aprés le travail et la painne
4895 Que ele avoit le jor eü
Li est de l'ostel bien cheü;
Car mout i est bien aeisiee.
Aprés mangier l'a aresniee
Ses ostes et si li anquiert,
4900 Ou ele va et qu'ele quiert.
Et cele li respont adonques:
„Je quier ce que je ne vi onques
Mien esciant ne ne conui;
Mes un lion a avuec lui,
4905 Et l'an me dit, se je le truis,
Que an lui mout fiër me puis.“
„Gié,“ fet cil, „l'an report tesmoing,
Que a un mien mout grant besoing
Le m'anvea Deus avant ier.
4910 Beneoit soient li santier
Par ou il vint a mon ostel!
Car d'un mien anemi mortel
Me vanja, don si lié me fist
Que tot veant mes iauz l'ocist.
4915 A cele porte la defors
Demain porroiz veoir le cors
D'un grant jaiant que il tua
Si tost que gueires n'i sua.“
„Por Deu, sire,“ dit la pucele,
4920 „Car m'an dites voire novele
Se vos savez, ou il torna
Et s'il an nul leu sejorna!“
„Gié non,“ fet il, „se Deus me voie!
Mes bien vos metrai a la voie
4925 Demain, par ou il s'an ala.“
„Et Deus,“ fet ele, „me maint la
Ou veraie novele an oie!
Car se jel truis, mout avrai joie.“

4930 EINSI mout longuemant parlerent [4919.
Tant qu'an la fin couchier alerent.
Quant vint que l'aube fu crevee,
La dameisele fu levee,
Qui an mout grant porpans estoit
De trover ce qu'ele queroit.
4935 Et li sire de la meison
Se lieve et tuit si conpaignon,
Si la metent el droit chemin
Vers la fontainne soz le pin.
Et ele de l'errer s'esploite
4940 Vers le chastel la voie droite
Tant qu'ele i vint et demanda
As premerains qu'ele trova,
S'il li savoient anseignier
Le lion et le chevalier
4945 Qui antraconpaignié s'estoient.
Et cil dïent qu'il li avoient
Veü trois chevaliers conquerre
Droit an cele piece de terre.
Et cele dit enes le pas:
4950 „Por Deu, ne me celez vos pas
Des que vos tant dit m'an avez,
Se vos plus dire m'an savez!“
„Nenil“, font il, „nos n'an savons
Fors tant con dit vos an avons,
4955 Ne ne savons que il devint.
Se cele por cui il ça vint
Noveles ne vos an ansaingne,
N'iert ci qui plus vos an apraingne.
Et se a li volez parler,
4960 Ne vos estuet pas loing aler;
Qu'ele est alee Deu proiier
Et messe oïr an cel mostier,
Et si i a tant demoré
Qu'assez i puet avoir oré.“
4965 QUE que il parloient einsi,
Lunete del mostier issi,

9*

Si li dïent: „Veez la la!"
Et cele ancontre li ala,
Si se sont antresaluëes.
4970 Tantost a cele demandees
Les noveles qu'ele queroit.
Et cele dit qu'ele feroit
Un suen palefroi anseler,
Car avuec li voudroit aler,
4975 Si la manroit vers un pleissié
La ou ele l'avoit leissié.
Et cele de cuer l'an mercie.
Li palefroiz ne tarda mie.
An li amainne et ele monte.
4980 Lunete an chevauchant li conte
Comant ele fu ancusee
Et de traïson apelee
Et comant la rez fu esprise,
Ou ele devoit estre mise,
4985 Et comant il li vint eidier
Quant ele an ot plus grant mestier.
Einsi parlant la convea
Tant qu'au droit chemin l'avea
Ou mes sire Yvains l'ot leissiee.
4990 Quant jusque la l'ot convoiiee,
Si li dist: „Cest chemin tandroiz
Tant que an aucun leu vandroiz,
Ou novele vos an iert dite,
Se Deu plest et saint Esperite,
4995 Plus voire que je ne la sai.
Bien me sovient que jel leissai
Ou pres de ci ou ci meïmes,
Ne puis ne nos antreveïmes
Ne je ne sai qu'il a puis fet;
5000 Que grant mestier eüst d'antret
Quant il se departi de moi.
Par ci aprés lui vos anvoi,
Et Deus le vos doint trover sain,
Se lui plest, anuit ou demain!

5005 Or alez! A Deu vos comant;   [4995.
   Que je ne vos siurai avant,
   Que ma dame a moi ne s'ireisse."
   Maintenant Lunete la leisse:
   Cele retorne, et cele an va
5010 Sole tant que ele trova
   La meison, ou mes sire Yvains
   Ot esté tant que il fu sains,
   Et vit devant la porte janz,.
   Chevaliers, dames et serjanz
5015 Et le seignor de la meison,
   Ses salue et met a reison,
   S'il sevent, que il li apraingnent
   Noveles et qu'il li ansaingnent
   Un chevalier que ele quiert.
5020 „Qui est?" font il. „Cil qui ja n'iert
   Sanz un lion, ç'ai oï dire."
   „Par foi, pucele", fet li sire,
   „Il parti or androit de nos.
   Ancor ancui l'ateindroiz vos
5025 Se les esclos savez garder,
   Mes gardez vos de trop tarder!"
   „Sire", fet ele, „Deus m'an gart!
   Mes or me dites, de quel part
   Je le siurai!" Et il li dïent:
5030 „Par ci tot droit", et si li prïent
   Qu'ele de par aus le salut.
   Mes ce gueires ne lor valut,
   Qu'ele onques ne s'an antremist,
   Mes lués es granz galos se mist;
5035 Que l'anbleüre li sanbloit
   Trop petitë, et si anbloit
   Ses palefroiz de grant eslés.
   Einsi galope par les tes
   Con par la voie igal et plainne
5040 Tant qu'ele voit celui qui mainne
   Le lion an sa conpaignie.
   Lors a joie et dit: „Deus, aïe!

Or voi ce que tant ai chacié,   [5033.
Mout l'ai bien seü et tracié.
5045 Mes se je chaz et rien ne praing,
Que me vaudra se je l'ataing?
Po ou neant, voire par foi!
S'il ne s'an vient ansanble o moi,
Donc ai je ma painne gastee."
5050 Einsi parlant s'est tant hastee
Que toz ses palefroiz tressue,
Si l'ataint et si le salue.
Et cil li respont aussi tost:
„Deus vos gart, bele, et si vos ost
5055 De cusançon et de pesance!"
„Et vos, sire, ou j'ai esperance
Que bien m'an porriiez oster!"
Lors se va lez lui acoster
Et dit: „Sire, mout vos ai quis.
5060 Li granz renons de vostre pris
M'a mout fet aprés vos lasser
Et mainte contree passer.
Tant vos ai quis, la Deu merci,
Qu'a vos sui asanblee ci.
5065 Et se je nul mal i ai tret,
De rien nule ne m'an deshet
Ne ne m'an plaing ne ne m'an manbre. ´
Tuit me sont alegié li manbre,
Que la dolors me fu anblee
5070 Tantost qu'a vos fui asanblee;
Si n'est pas la besoingne moie:
Miaudre de moi a vos m'anvoie,
Plus jantis fame et plus vaillanz.
Mes se ele est a vos faillanz,
5075 Donc l'a vostre renons traïe;
Qu'ele n'atant d'aillors aïe.
Par vos cuide ma dameisele   [5068.
Tote desresnier sa querele,   [5067.
Qu'une soe suer deserete,
5080 Ne viaut qu'autre s'an antremete.

Nus ne li puet feire cuidier [5071.
Que autre li poïst eidier. [5072.
L'amor a la deseritee [5076.
Avroiz conquise et achatee [5075.
5085 Et creü vostre vasselage [5077.
Por desresnier son heritage!
Ele meïsmes vos queroit
Por le bien qu'an vos esperoit,
Ne ja autre n'i fust venue
5090 Se maus ne l'eüst detenue
Teus que par force au lit la trest.
Or me respondez, s'il vos plest,
Se vos venir i oseroiz
Ou se vos an reposeroiz!"
5095 „Nenil," fet il; „de reposer
Ne se puet nus hom aloser,
Ne je ne reposerai mie,
Einz vos siurai, ma douce amie,
Volantiers la ou vos pleira.
5100 Et se de moi grant afeire a
Cele por cui vos me querez,
Ja ne vos an desesperez
Que je tot mon pooir n'an face!
Or me doint Deus eür et grace
5105 Que je par sa buene avanture
Puisse desresnier sa droiture!"
EINSI antr'aus deus chevauchierent
Parlant tant que il aprochierent
Le chastel de Pesme Avanture.
5110 De passer outre n'orent cure,
Que li jorz aloit declinant.
Au chastel vienent cheminant,
Et les janz qui venir les voient
Trestuit au chevalier disoient:
5115 „Mal veigniez, sire, mal veigniez!
Cist osteus vos fu anseigniez
Por mal et por honte andurer.
Ce porroit uns abes jurer.'

„Ha!“ fet il, „janz fole et vilainne, [5111.

5120 Janz de tote mauvestié plainne
Et qui a toz biens as failli,
Por quoi m'avez si asailli?“
„Por quoi? Vos le savroiz assez
S'ancore un po avant passez!

5125 Mes ja nule rien n'an savroiz
Jusque tant que esté avroiz
Lassus an cele forteresce.“
Tantost mes sire Yvains s'adresce
Vers la tor et les janz s'escrïent,

5130 Trestuit a haute voiz li dïent:
„Hu! hu! maleüreus, ou vas?
S'onques an ta vie trovas
Qui te feïst honte ne let,
La ou tu vas t'an iert tant fet

5135 Que ja par toi n'iert reconté.“
„Janz sanz enor et sanz bonté,“
Fet mes sire Yvains qui escoute,
„Janz enuieusë et estoute,
Por quoi m'asaus, por quoi m'aquiaus?

5140 Que me demandes, que me viaus,
Que si aprés moi te degroces?“
„Amis, de neant te corroces“,
Fist une dame auques d'aage,
Qui mout estoit cortoise et sage,

5145 „Que certes por mal ne te dïent
Nule chose, einçois te chastïent
Se tu le savoies antandre,
Que lassus n'ailles ostel prandre,
Ne le porquoi dire ne t'osent;

5150 Mes il te chastïent et chosent
Por ce que esmaiier te vuelent.
Et par costume feire suelent
Autel a toz les sorvenanz
Por ce que il n'aillent leanz.

5155 Et la costume si est teus
Que nos n'osons an noz osteus

Herbergier por rien qui avaingne   [5149.
Nul prodome qui de fors vaingne.
Or est sor toi del soreplus:
5160 La voie ne te defant nus.
Se tu viaus, lassus monteras,
Mes par mon los retorneras."
„Dame", fet il, „se je creoie
Vostre consoil, je cuideroie
5165 Que j'i eüsse enor et preu;
Mes je ne savroie an quel leu
Je trovasse ostel anuit mes."
„Par foi", fet ele, „et je m'an tes,
Qu'a moi riens nule n'an afiert.
5170 Alez quel part que buen vos iert!
Et neporquant grant joie avroie
Se je de leanz vos veoie
Sanz trop grant honte revenir,
Mes ce ne porroit avenir."
5175 „Dame", fet il, „Deus le vos mire!
Mes mes fos cuers leanz me tire,
Si ferai ce que mes cuers viaut."
Tantost vers la porte s'aquiaut
Et ses lions et sa pucele.
5180 Et li portiers a lui l'apele,
Si li dit: „Venez tost, venez!
An tel leu estes assenez,
Ou vos seroiz bien retenuz,
Et mal i soiiez vos venuz!"
5185 EINSI li portiers le semont
Et haste de venir a mont,
Mes mout li fet leide semonse.
Et mes sire Yvains sanz response
Par devant lui s'an passe et trueve
5190 Une grant sale haute et nueve,
S'avoit devant un prael clos
De peus aguz, reonz et gros,
Et par antre les peus leanz
Vit puceles jusqu'a trois çanz,

5195   Qui diverses oevres feisoient.   [5187.
De fil d'or et de soie ovroient
Chascune au miauz qu'ele savoit.
Mes tel povreté i avoit
Que desliiees et desçaintes
5200   An i ot de povreté maintes,
Et as memeles et as cotes
Estoient lor cotes desrotes
Et les chemises as cos sales.
Les cos gresles et les vis pales
5205   De fain et de meseise avoient.
Il les voit et eles le voient,
Si s'anbrunchent totes et plorent
Et une grant piece demorent,
Qu'eles n'antandent a rien feire,
5210   Ne lor iauz ne pueent retreire
De terre, tant sont acorees.
Quant un po les ot regardees
Mes sire Yvains, si se trestorne,
Droit vers la porte s'an retorne,
5215   Et li portiers contre lui saut,
Si li escrie: „Ne vos vaut,
Que vos n'an iroiz or, biaus mestre!
Vos voudriiez or la fors estre,
Mes, par mon chief! riens ne vos monte;
5220   Einz avroiz eü tant de honte
Que plus n'an porriiez avoir;
Si n'avez mie fet savoir
Quant vos estes antrez ceanz;
Que del rissir est il neanz.“
5225   „Ne je nel quier“, fet il, „biaus frere!
Mes di moi, par l'ame ton pere!
Dameiseles que j'ai veües
An cest prael, don sont venues,
Qui dras de soie et orfrois tissent?
5230   Oevres font qui mout m'abelissent,
Mes ce me desabelist mout
Qu'eles sont de cors et de vout

Megres et pales et dolantes; |5225.
Si m'est avis, beles et jantes
5235 Fussent mout se eles eüssent
Iteus choses qui lor pleüssent."
„Gié", fet il, „nel vos dirai mie.
Querez autre qui le vos die!"
„Si ferai je quant miauz ne puis."
5240 Lors quiert tant que il trueve un huis
Del prael, ou les dameiseles
Ovroient, et vint devant eles,
Si les salue ansanble totes
Et si lor voit cheoir les gotes
5245 Des lermes qui lor decoroient
Des iauz si com eles ploroient.
Et il lor dit: „Deus, s'il li plest,
Cest duel qui ne sai don vos nest
Vos ost del cuer et tort a joie!"
5250 L'une respont: „Deus vos an oie,
Que vos an avez apelé!
Il ne vos iert mie celé
Qui nos somes et de quel terre.
Espoir ce volez vos anquerre."
5255 „Por el", fet il, „ne ving je ça."
„Sire, il avint mout grant pieç'a,
Que li rois de l'Isle as Puceles
Aloit por aprandre noveles
Par les corz et par les païs,
5260 S'ala tant come fos naïs
Qu'il s'anbati an cest peril.
An mal eür i venist il,
Que nos cheitives qui ci somes
La honte et la painne an avomes,
5265 Qui onques ne le deservimes.
Et sachiez bien que vos meïmes
I poez mout grant honte atandre
Se l'an reançon n'an viaut prandre!
Mes tote voie einsi avint
5270 Que mes sire an cest chastel vint,

Ou il a deus fiz de deable,   [5263.
Si nel tenez vos mie a fable!
Que de fame et de netun furent.
Et cil dui conbatre se durent
5275 Au roi, don dolors fu mout granz;
Qu'il n'avoit pas dis et huit anz;
Si le poïssent tot porfandre
Aussi com un aignelet tandre.
Et li rois qui grant peor ot
5280 S'an delivra au miauz qu'il pot,
Si jura qu'il anvoieroit
Chascun an tant com il vivroit
Ceanz de ses puceles trante,
Si fu quites par ceste rante.
5285 Et devisé fu au jurer
Que cist treüz devoit durer
Tant con cil dui maufé durroient.
Et a cel jor que il seroient
Conquis et vaincu an bataille,
5290 Quites seroit de ceste taille
Et nos seriiens delivrees,
Qui a honte somes livrees
Et a dolor et a meseise.
Ja mes n'avrons rien qui nos pleise.
5295 Mes mout dis ore grant anfance,
Qui parlai de la delivrance;
Que ja mes de ceanz n'istrons.
Toz jorz dras de soie tistrons,
Ne ja n'an serons miauz vestues.
5300 Toz jorz serons povres et nues
Et toz jorz fain et soif avrons;
Ja tant gaeignier ne savrons
Que miauz an aiiens a mangier.
Del pain avons a grant dangier,
5305 Au main petit et au soir mains;
Que ja de l'uevre de noz mains
N'avra chascune por son vivre
Que quatre deniers de la livre.

Et de ce ne poons nos pas   [5301.
5310 Assez avoir viande et dras;
Car qui gaaigne la semainne
Vint souz, n'est mie fors de painne.
Et bien sachiez vos a estros
Que il n'i a celi de nos
5315 Qui ne gaaint vint souz ou plus.
De ce seroit riches uns dus!
Et nos somes an grant poverte,
S'est riches de nostre deserte
Cil por cui nos nos traveillons.
5320 Des nuiz grant partie veillons
Et toz les jorz por gaeignier;
Qu'an nos menace a maheignier
Des manbres, quant nos reposons,
Et por ce reposer n'osons.
5325 Mes que vos iroie contant?
De mal et de honte avons tant
Que le quint ne vos an sai dire.
Mes ce nos fet anragier d'ire
Que mout sovant morir veomes
5330 Chevaliers riches et prodomes.
Qui as deus maufez se conbatent.
L'ostel mout chierement achatent
Einsi con vos feroiz demain;
Que trestot seul de vostre main
5335 Vos covandra, voilliez ou non,
Conbatre et perdre vostre non
Ancontre les deus vis deables."
„Deus, li verais esperitables,"
Fet mes sire Yvains, „m'an defande
5340 Et vos enor et joie rande
Se il a volanté li vient!
Des or mes aler m'an covient
Veoir les janz qui leanz sont,
Savoir quel chiere il me feront."
5345 „Or alez, sire! cil vos gart
Qui toz les biens done et depart!"

L ORS va tant qu'il vint an la sale, [5339.
L N'i trueve jant buene ne male
Qui de rien les mete a reison.
5350 Tant trespassent de la meison
Que il vindrent an un vergier.
Einz de lor chevaus herbergier
Ne tindrent plet ne ne parlerent.
Cui chaut? que bien les establerent
5355 Cil qui les cuidoient avoir.
Ne sai s'il cuidoient savoir,
Qu'ancore ont il seignor tot sain.
Li cheval ont avainne et fain
Et la litiere jusqu'au vantre.
5360 Et mes sire Yvains qui s'an antre
El vergier, aprés lui sa rote,
Voit apoiié desor son cote
Un riche home qui se gisoit
Sor un drap de soie, et lisoit
5365 Une pucele devant lui
An un romanz ne sai de cui.
Et por le romanz escouter
S'i estoit venue acoter
Une dame, et c'estoit sa mere
5370 Et li sires estoit ses pere,
Si se pooient esjoïr
Mout de li veoir et oïr;
Car il n'avoient plus d'anfanz,
N'ele n'avoit mie seze anz
5375 Et s'estoit si tres bele et jante
Qu'an li servir meïst s'antante
Li Deus d'Amors s'il la veïst
Ne ja amer ne la feïst
Autrui se lui meïsmes non.
5380 Por li servir devenist hon,
S'eississt de sa deïté fors
Et ferist lui meïsme el cors
Del dart don la plaie ne sainne
Se desleaus mires n'i painne.

5385 N'est droiz que nus garir an puisse   [5377.
     Tant que desleauté i truisse.
     Et qui an garist autremant,
     Il n'aimme mie leaumant.
     De ceste plaie vos deïsse
5390 Tant que hui mes fin ne preïsse,
     Se li escouters vos pleüst;
     Mes tost deïst tel i eüst,
     Que je vos parlasse d'oiseuse;
     Car la janz n'est mes amoreuse,
5395 Ne n'aimment mes si com il suelent,
     Que nes oïr parler n'an vuelent.
     Mes or oëz, an quel meniere,
     A quel sanblant et a quel chiere
     Mes sire Yvains fu herbergiez!
5400 Contre lui saillirent an piez
     Tuit cil qui el vergier estoient
     Tot maintenant que il le voient,
     Si li dïent: „Or ça, biaus sire!
     De quanque Deus⁀puet feire et dire,
5405 Soiiez vos beneoiz clamez
     Et vos et quanque vos amez!"
     Je ne sai se il le deçoivent,
     Mes a grant joie le reçoivent
     Et font sanblant que mout lor pleise
5410 Que herbergiez soit a grant eise.
     Meïsmes la fille au seignor
     Le sert et porte grant enor,
     Con l'an doit feire son buen oste:
     Trestotes ses armes li oste
5415 Et ce ne fu mie del mains
     Qu'ele li leve de ses mains
     Le col et le vis et la face.
     Tote enor viaut que l'an li face
     Li sire si con l'an li fet.
5420 Chemise ridee li tret
     Fors de son cofre et braies blanches
     Et fil et aguille a ses manches,

Si li vest et ses braz li cost.   [5415.
Or doint Deus que trop ne li cost
5425 Ceste losange et cist servise!
A vestir desor sa chemise
Li a baillié un buen sorcot,
Et un mantel sanz harigot,
Ver, d'escarlate, au col li met.
5430 De lui servir tant s'antremet
Qu'il an a honte et si l'an poise;
Mes la pucele est tant cortoise
Et tant franche et tant de bon' eire
Qu'ancor an cuide ele po feire.
5435 Et bien set qu'a sa mere plest
Que rien a feire ne li lest,
Don ele le cuit losangier.
La nuit fu serviz au mangier
De tant de mes que trop i ot.
5440 Li aporters enuiier pot
As serjanz qui des mes servirent.
La nuit totes enors li firent
Et mout a eise le couchierent,
N'onques puis vers lui n'aprochierent
5445 Que il fu an son lit couchiez.
Et ses lions jut a ses piez
Si com il ot acostumé.
Au main quant Deus ot alumé
Par le monde son lumineire,
5450 Si matin com il le pot feire,
Qui tot fet par devisemant,
Se leva mout isnelemant
Mes sire Yvains et sa pucele,
S'oïrent a une chapele
5455 Messe qui mout tost lor fu dite
An l'enor del saint Esperite.

MES sire Yvains aprés la messe
Oï novele felenesse
Quant il cuida qu'il s'an deüst
5460 Aler, que riens ne li neüst;

Mes ne pot mie estre a son chois.   [5453.
Quant il dist: „Sire, je m'an vois,
S'il vos plest, a vostre congié",
„Amis, ancor nel vos doing gié",
5465 Fet li sire de la meison.
„Je nel puis feire par reison
Qu'an cest chastel a establie
Une mout fiere deablie
Que il me covient maintenir.
5470 Je vos ferai ja ci venir
Deus miens serjanz et granz et forz.
Ancontre aus deus, soit droiz ou torz,
Vos covandra voz armes prandre.
S'ancontre aus vos poez defandre
5475 Et aus andeus vaintre et ocirre,
Ma fille a seignor vos desirre
Et de cest chastel vos atant
L'enors et quanqu'il i apant".
„Sire", fet il, „je n'an quier point.
5480 Ja Deus einsi part ne m'i doint,
Et vostre fille vos remaingne,
Ou l'anperere d'Alemaingne
Seroit bien saus s'il l'avoit prise,
Qui mout est bele et bien aprise!"
5485 „Teisiez, biaus ostes!" dit li sire.
„De neant vos oi escondire;
Que vos n'an poez eschaper.
Mon chastel et ma fille a per
Doit avoir et tote ma terre
5490 Cil qui porra an chanp conquerre
Çaus qui vos vandront asaillir.
La bataille ne puet faillir
Ne remenoir an nule guise.
Mes je sai bien que coardise
5495 Vos fet ma fille refuser;
Qu'einsi vos cuidiez reüser
Outreemant de la bataille.
Mes ce sachiez vos bien sanz faille

Que conbatre vos i estuet!   [5491.
5500 Por rien eschaper ne s'an puet
Nus chevaliers qui ceanz gise.
Ce est costume et rante asise,
Qui trop avra longue duree;
Que ma fille n'iert mariee
5505 Tant que morz ou conquis les voie."
„Donc m'i covient il tote voie
Conbatre maleoit gre mien; .
Mes je m'an sofrisse mout bien
Et volantiers; ce vos otroi.
5510 La bataille, ce poise moi,
Ferai quant ne puet remenoir."
A tant vienent hideus et noir
Amedui li fil au netun.
Et n'an i a nul qui n'et un
5515 Baston cornu de cornellier,
Qu'il orent fet aparellier
De cuivre et puis liier d'archal.
Des les espaules contre val
Furent armé jusqu'as genouz,
5520 Mes les chiés orent et les vouz
Desarmez et les james nues
Qui n'estoient mie menues.
Et einsi armé com il vindrent
Escuz reonz an lor mains tindrent,
5525 Forz et legiers por escremir.
Li lions comance a fremir
Tot maintenant que il les voit;
Qu'il set mout bien et aparçoit
Que a coz armes que il tienent
5530 Conbatre a son seignor se vienent;
Si se herice et creste ansanble,
De hardemant et d'ire tranble
Et bat la terre de sa coe
Et s'a talant que il rescoe
5535 Son seignor einz que il l'ocïent.
Et quant il le voient, si dïent:

„Vassaus, ostez de ceste place [5529.
Le lion, que mal ne nos face!
Ou vos vos clamez recreant
5540 Ou autremant, ce vos creant,
Le vos covient an tel leu metre
Que il ne se puisse antremetre
De vos eidier ne de nos nuire.
Seus vos venez o nos desduire!
5545 Que li lions vos eideroit
Mout volantiers se il pooit."
„Vos meïsmes qui le dotez,"
Fet mes sire Yvains, „l'an ostez!
Que mout me plest et mout me siet,
5550 S'il onques puet, que il vos griet,
Et mout m'iert·bel se il m'aïe."
„Par foi", font il, „ce n'i a mie;
Que ja aïe n'i avroiz.
Feites au miauz que vos porroiz
5555 Toz seus sanz aïe d'autrui!
Estre devez seus et nos dui.
Se li lions iert avuec vos,
Por ce qu'il se meslast a nos,
Donc ne seriiez vos pas seus.
5560 Dui seriiez contre nos deus,
Si vos covient, ce vos afi,
Vostre lion oster de ci,
Mes que bien vos poist or androit."
„Ou volez vos", fet cil, „qu'il soit?
5565 Ou volez vos que je le mete?"
Lors li mostrent une chanbrete,
Si dïent: „Leanz l'ancloez!"
„Fet iert des que vos le volez."
Lors l'i mainne et si l'i anserre.
5570 Et an li va maintenant querre
Ses armes por armer son cors,
Et son cheval li ont tret fors,
Si li baillent, et il i monte.
Por lui leidir et feire honte

10*

5575 Li passent li dui chanpion;   [5567.
   Qu'asseüré sont del lion
   Qui est dedanz la chanbre anclos.
   Des maces li donent granz cos,
   Que petit d'aïe li fet
5580 Escuz ne hiaumes que il et;
   Car quant sor le hiaume l'ataingnent,
   Trestot li anbuignent et fraingnent.
   Et li escuz peçoie et font
   Come glace; teus cos i font
5585 Que ses poinz i puet an boter.
   Mout font andui a redoter.
   Et il, que fet des deus maufez?
   De honte et de crieme eschaufez
   Se defant de tote sa force.
5590 Mout s'esvertue et mout s'esforce
   De doner granz cos et pesanz.
   N'ont pas failli a ses presanz;
   Qu'il lor rant lor bonté a doble.
   Or a le cuer dolant et troble
5595 Li lions qui est an la chanbre;
   Que de la grant bonté li manbre,
   Que cil li fist par sa franchise,
   Qui ja avroit de son servise
   Et de s'aïe grant mestier.
5600 Ja li randroit au grant sestier
   Et au grant mui ceste bonté,
   Ja n'i avroit rien mesconté
   S'il pooit issir de leanz.
   Mout va reverchant de toz sanz,
5605 Ne ne voit, par ou il s'an aille.
   Bien ot les cos de la bataille
   Qui perilleuse est et vilainne,
   Et por ce si grant duel demainne
   Qu'il esrage vis et forsane.
5610 Tant va cerchant que il assane
   Au suel qui porrissoit pres terre,
   S'i grate tant qu'il s'i anserre

Et fiche jusque pres des rains. [5605.
Et ja estoit mes sire Yvains
5615 Mout traveilliez et mout suanz;
Que mout trovoit les deus truanz
Forz et felons et adurez.
Mout i avoit cos andurez
Et randuz tant com il plus pot,
5620 Ne de rien grevez ne les ot;
Que trop savoient d'escremie,
Et lor escu n'estoient mie
Tel que rien an ostast espee,
Tant fust tranchanz et aceree.
5625 Et por ce se pooit mout fort
Mes sire Yvains doter de mort.
Mes adés tant se contretint
Que li lions outre s'an vint,
Tant ot desoz le suel graté.
5630 S'or ne sont li felon maté,
Donc ne le seront il ja mes;
Car au lion triues ne pes
N'avront il tant con vis les sache.
L'un an aert et si le sache
5635 Par terre aussi com un ploton.
Or sont esfreé li gloton,
Si n'a home an tote la place,
Qui an son cuer joie n'an face;
Que cil n'an relevera ja,
5640 Que li lions aterré a,
Se li autre ne l'i secort.
Por lui eidier cele part cort
Et por lui meïsmes defandre,
Qu'a lui s'alast li lions prandre
5645 Lués qu'il avroit celui ocis
Que il avoit par terre mis;
Et si ravoit plus grant peor
Del lion que de son seignor.
Mes or iert mes sire Yvains fos,
5650 Des qu'il li a torné le dos,

Et voit le col nu a delivre,   [5643.
Se longuemant le leisse vivre;
Car mout l'an est bien avenu.
La teste nue et le col nu
5655 Li a li gloz abandoné,
Et cil li a tel cop doné
Que la teste del bu li ret
Si soavet que mot n'an set.
Et maintenant a terre vient
5660 Por l'autre que li lions tient,
Que rescorre et tolir li viaut,
Mes por neant, que tant se diaut
Que mire a tans ja n'i avra;
Qu'an son venir si le navra
5665 Li lions qui mout vint iriez,
Que leidemant fu anpiriez.
Et tote voie arriers le bote,
Si voit que il li avoit tote
L'espaule fors de son leu treite.
5670 Por lui de rien ne se desheite,
Que ses bastons li est cheüz.
Et cil gist pres come feüz,
Qu'il ne se crolle ne ne muet;
Mes tant i a que parler puet,
5675 Et dist si com il li puet dire:
„Ostez vostre lion, biaus sire,
Se vos plest, que plus ne m'adoist!
Que des or mes feire vos loist
De moi tot quanque buen vos iert.
5680 Et qui merci prie et requiert,
N'i doit faillir puis qu'il la rueve,
Se home sanz pitié ne trueve,
Et je ne me defandrai plus,
Ne ja ne releverai sus
5685 De ci por force que je aie,
Si me met an vostre menaie."
„Di donc", fet il, „se tu otroies
Que vaincuz et recreanz soies?"

„Sire“, fet il, „il i pert bien: [5681.
5690   „Veincuz sui maleoit gre mien
Et recreanz, ce vos otroi.“
„Donc n'as tu mes garde de moi,
Et mes lions te rasseüre.“
Tantost vienent grant aleüre
5695   Totes les janz anviron lui
Et li sire et la dame andui,
Si li font joie et si l'acolent
Et de lor fille l'aparolent,
Si li dïent: „Or seroiz vos
5700   Dameisiaus et sire de nos,
Et nostre fille iert vostre dame;
Car nos la vos donons a fame.“
„Et gié“, fet il, „la vos redoing.
Qui l'a, si l'et! je n'an ai soing;
5705   Si nel di je pas por desdaing.
Ne vos poist se je ne la praing;
Que je ne puis ne je ne doi.
Mes, s'il vos plest, delivrez moi
Les cheitives que vos avez!
5710   Li termes est, bien le savez,
Qu'eles s'an doivent aler quites.“
„Voirs est“, fet il, „ce que vos dites,
Et je les vos rant et aquit;
Qu'il n'i a mes nul contredit.
5715   Mes prenez, si feroiz savoir,
Ma fille a trestot mon avoir,
Qui est mout bele et jante et sage!
Ja mes si riche mariage
N'avroiz se vos cestui n'avez.“
5720   „Sire“, fet il, „vos ne savez
Mon essoine ne mon afeire,
Ne je ne le vos os retreire.
Mes ce sachiez, quant je refus
Ce que ne refuseroit nus
5725   Qui deüst son cuer et s'antante
Metre an pucele bele et jante,

Que volantiers la receüsse [5719.
Se je poïsse ne deüsse
Cesti ne autre recevoir. [5722.
5730 Mes je ne puis, sachiez de voir, [5721.
Si m'an leissiez aler a tant!
Que la dameisele m'atant,
Qui avuec moi est ça venue.
Conpaignie m'i a tenue
5735 Et je la revuel li tenir,
Que que il m'an doie avenir."
„Volez, biaus sire? Et vos comant?
Ja mes, se je ne le comant
Et mes consauz ne le m'aporte,
5740 Ne vos iert overte ma porte;
Einz remandroiz an ma prison.
Orguel feites et mesprison
Quant je vos pri que vos preigniez
Ma fille, et vos la desdeigniez."
5745 „Desdaing, sire? Non faz, par m'ame!
Mes je ne puis esposer fame
Ne remenoir por nule painne.
La dameisele qui m'an mainne
Siurai; qu'autremant ne puet estre.
5750 Mes, s'il vos plest, de ma main destre
Vos plevirai, si m'an creez,
Qu'einsi con vos or me veez
Revandrai se je onques puis,
Et prandrai vostre fille puis [5746.
5755 Quel ore que il buen vos iert." *
„Dahet", fet il, „qui vos an quiert [5747.
Ne foi ne ploige ne creante!
Se ma fille vos atalante, [5749.
Vos revandroiz hastivemant. [5751.
5760 Ja por foi ne por seiremant,
Ce cuit, ne revandroiz plus tost.
Or alez! Que je vos an ost
Toz creantes et toz covanz.
Se vos retaingne pluie ou vanz

5765 Ou fins neanz, ne me chaut il. [5757.
      Je n'ai pas ma fille si vil
      Que je par force la vos doingne.
      Or alez an vostre besoingne!
      Que tot autant, se vos venez,
5770 M'an est con se vos demorez."
      Atant mes sire Yvains s'an torne,
         Que el chastel plus ne sejorne,
      Et s'an a devant lui menees
      Les cheitives desprisonees
5775 Que li sire li a bailliees
      Povres et mal apareilliees;
      Mes or sont riches, ce lor sanble.
      Fors del chastel totes ansanble
      Devant lui deus et deus s'an issent.
5780 Je ne cuit pas qu'eles feïssent
      Tel joie com eles li font
      De celui qui fist tot le mont,
      S'il fust venuz de ciel an terre.
      Merci et pes li vont requerre
5785 Totes les janz qui dit li orent
      Tant de honte com il plus porent,
      Si le vont einsi conveant;
      Et il dit qu'il n'an set neant.
      „Je ne sai," fet il, „que vos dites,
5790 Et si vos an claim trestoz quites;
      Qu'onques chose que j'a mal taingne
      Ne deïstes, don moi sovaingne."
      Cil sont mout lié de ce qu'il öent
      Et sa corteisie mout loent,
5795 Si le comandent a Deu tuit
      Quant grant piece l'orent conduit.
      Et les dameiseles li ront
      Congié demandé, si s'an vont.
      Au partir totes li anclinent
5800 Et si li orent et destinent
      Que Deus li doint joie et santé
      Et venir a sa volanté

An quel que leu qu'il onques aut.   [5795.
Et cil respont que Deus les saut,
5805 Cui la demore mout enuie.
„Alez!“ fet il.   „Deus vos conduie
An voz païs sainnes et liees!“
Maintenant se sont avoiiees,
Si s'an vont grant joie menant;
5810 Et mes sire Yvains maintenant
De l'autre part se rachemine.
D'errer a grant esploit ne fine
Trestoz les jorz de la semainne
Si con la pucele l'an mainne,
5815 Qui la voie mout bien savoit
Et le recet, ou ele avoit
Leissiee la deseritee
Desheitiee et desconfortee.
Mes quant ele oï la novele
5820 De la venue a la pucele
Et del Chevalier au Lion,
Ne fu joie se cele non,
Que ele an ot dedanz son cuer;
Car or cuide ele que sa suer
5825 De son heritage li lest
Une partie se li plest.
. Malade ot geü longuemant
La pucele et novelemant
Estoit de son mal relevee,
5830 Qui duremant l'avoit grevee
Si que bien paroit a sa chiere.
A l'ancontre tote premiere
Lor est alee sanz demore,
Si les saluë et enore
5835 De quanquë ele set et puet.
De la joie parler n'estuet,
Qui fu la nuit a l'ostel feite.
Ja parole n'an iert retreite,
Que trop i avroit a conter.
5840 Tot vos trespas jusqu'au monter

De l'andemain qu'il s'an partirent.   [5833.
Puis errerent tant que il virent
Le chastel, ou li rois Artus
Ot sejorné quinzainne ou plus.
5845 Et la dameisele i estoit,
Qui sa seror deseritoit;
Qu'ele avoit puis mout pres tenue
La cort, s'atandoit la venue
Sa seror qui vient et aproche.
5850 Mes mout petit au cuer li toche;
Qu'ele ne cuide qu'ele truisse
Nul chevalier qui sofrir puisse
Mon seignor Gauvain an estor.
Ne il n'i avoit mes qu'un jor
5855 De la quarantainne a venir.
L'eritage sole a tenir
Eüst desresnié quitemant
Par reison et par jugemant
Se cil seus jorz fust trespassez.
5860 Mes plus i a a feire assez
Qu'ele ne cuide ne ne croit.
An un ostel bas et estroit
Fors del chastel cele nuit jurent,
Ou nules janz ne les conurent;
5865 Car se il el chastel jeüssent,
Totes les janz les coneüssent,
Et de ce n'avoient il soing.
L'andemain a mout grant besoing
A l'aube aparissant s'an issent,
5870 Si se reponent et tapissent
Tant que li jorz fu clers et granz.
JORZ avoit passez, ne sai quanz,
Que mes sire Gauvains s'estoit
Destornez si qu'an ne savoit
5875 A cort de lui nule novele
Fors que solemant la pucele,
Por cui il se devoit conbatre.
Pres a trois liues ou a quatre

S'estoit de la cort destornez [5871.
5880 Et vint a cort si atornez
Que reconoistre ne le porent
Cil qui a toz jorz veü l'orent
As armes que il aporta.
La dameisele qui tort a
5885 Vers sa seror tot an apert
Veant toz l'a a cort ofert,
Que par lui desresnier voudroit
La querele ou ele n'a droit,
Et dit au roi: „Sire, ore passe.
5890 Jusqu'a po sera none basse
Et li derriiens jorz est hui,
Si veez bien, comant je sui
Garnie a mon droit maintenir.
Et se ma suer deüst venir,
5895 N'i eüst mes que demorer.
Deu an puisse je aorer,
Quant ele ne vient ne repeire.
Bien i pert que miauz ne puet feire,
Si s'est por neant traveilliee.
5900 Et j'ai esté apareilliee
Toz les jorz jusqu'au derriien
A desresnier ce qui est mien.
Tot ai desresnié sanz bataille,
S'est or bien droiz que je m'an aille
5905 Tenir mon heritage an pes;
Que n'an respondroie ja mes
A ma seror tant con jo vive,
Si vivra dolante et cheitive."
Et li rois qui mout bien savoit
5910 Que la pucele tort avoit
Vers sa seror trop desleal
Li dit: „Amie, an cort real
Doit an atandre par ma foi
Tant con la justise le roi
5915 Siet et atant por droiturier.
N'i a rien del corjon ploier;

Qu'ancor vandra trestot a tans [5909.
Vostre suer si come je pans."
Einz que li rois eüst bien dit,
5920 Le Chevalier au Lion vit
Et la pucele delez lui.
Seul a seul venoient andui,
Que del lion anblé se furent;
Si fu remés la ou il jurent.

5925 L I rois la pucele a veüe,
    Si ne l'a pas mesconeüe,
Et mout li plot et abeli
Quant il la vit; car devers li
De la querele se tenoit
5930 Por ce que au droit antandoit.
De la joie que il an ot
Li dist au plus tost que il pot:
„Or avant, bele! Deus vos saut!"
Quant l'autre l'ot, tote tresaut,
5935 Si se trestorne, si la voit
Et le chevalier qu'ele avoit
Amené por son droit conquerre,
Si devint plus noire que terre.
Mout fu bien de toz apelee
5940 La pucele et ele est alee
Devant le roi la ou il sist.
Quant devant lui fu, si li dist:
„Deus saut le roi et sa mesniee!
Rois, s'or puet estre desresniee
5945 Ma droiture ne ma querele
Par un chevalier, donc l'iert ele
Par cestui, la soe merci,
Qui m'a seüe anjusque ci;
S'eüst il aillors mout a feire,
5950 Li frans chevaliers de bon'eire;
Mes de moi li prist teus pitez
Qu'il a arriere dos gitez
Toz ses afeires por le mien.
Or feroit corteisie et bien

5955 Ma dame, ma tres chiere suer,   [5947.
Que j'aim autant come mon cuer,
S'ele de mon droit me leissoit
Tant qu'antre moi et li pes soit;
Car je ne demant rien del suen."
5960 „Ne gié", fet ele, „rien del tuen,
Que part n'i as ne ja n'avras.
Ja tant preechier ne savras
Que rien aies por preechier.
Tote an porras de duel sechier."
5965 Et l'autre respont maintenant,
Qui assez savoit d'avenant
Et mout estoit sage et cortoise.
„Certes", fet ele, „mout me poise
Que por nos deus se conbatront
5970 Dui si prodome con cist sont,
S'est la querele mout petite.
Mes je ne la puis clamer quite;
Que trop grant mestier an avroie.
Por ce plus bon gre vos savroie
5975 Se vos me leissiiez mon droit."
„Certes, qui or te respondroit",
Fet l'autre, „mout seroit musarde.
Maus feus et male flame m'arde
Se je te doing, don miauz te vives!
5980 Einçois asanbleront les rives
De Sainne et sera prime none,
Se la bataille nel te done."
„Deus et li droiz que je i ai,
An cui je me fi et fiai   [5976.
5985 Toz tans jusqu'au jor qui est hui,   *
An soit an aïe a celui   [5977.
Qui par aumosne et par franchise   [5979.
Se porofre de mon servise,
Si ne set il, qui je me sui,
5990 Ne ne me conoist ne je lui."
TANT ont parlé qu'a tant remainnent
Les paroles et si amainnent

Les chevaliers anmi la cort.   [5985.
Et toz li pueples i acort
5995 Si com a tel afeire suelent
Corre les janz qui veoir vuelent
Cos de bataille et d'escremie.
Mes ne s'antreconoissent mie
Cil qui conbatre se voloient,
6000 Qui mout antramer se soloient.
Et or don ne s'antraimment il?
„Oïl" vos respong et „nenil."
Et l'un et l'autre proverai
Si que reison i troverai.
6005 Por voir, mes sire Gauvains aimme
Yvain et conpaingnon le claimme,
Et Yvains lui, ou que il soit.
Nes ici, s'il le conoissoit,
Feroit il ja de lui grant feste
6010 Et si metroit por lui sa teste
Et cil la soe aussi por lui
Einçois qu'an li feïst enui.
N'est ce amors antiere et fine?
Oïl, certes. Et la haïne
6015 Don ne rest ele tote aperte?
Oïl; que ce est chose certe
Que li uns a l'autre sanz dote
Voudroit avoir la teste rote
Ou tant avoir fet li voudroit
6020 De honte que pis an vaudroit.
Par foi, c'est mervoille provee
Qu'an a an un veissel trovee
Amor et Haïne mortel;
Deus! Meïsmes an un ostel
6025 Comant puet estre li repeires
A choses qui si sont contreires?
An un ostel si con moi sanble
Ne pueent eles estre ansanble;
Que ne porroit pas remenoir
6030 L'une avuec l'autre an un menoir,

Que noise et tançon n'i eüst   [6023.
Puis que l'une l'autre i seüst.
Mes an un chas a plusors manbres,
Que il i a loges et chanbres.
6035 Einsi puet bien estre la chose:
Espoir Amors s'estoit anclose
An aucune chanbre celee
Et Haïne s'an iert alee
Es loges par devers la voie
6040 Por ce que viaut que l'an la voie.
Or est Haïne mout an coche;
Qu'ele esperone et point et broche
Sor Amor quanquë ele puet,
Et Amors onques ne se muet.
6045 Ha! Amors, ou es tu reposte?
Car t'an is! si verras quel oste
Ont sor toi amené et mis
Li anemi a tes amis.
Li anemi sont cil meïsme
6050 Qui s'antraimment d'amor saintisme;
Qu'amors qui n'est fausse ne fainte
Est precïeuse chose et sainte.
Ci est Amors avugle tote
Et Haïne ne revoit gote;
6055 Qu'Amors defandre lor deüst
Se ele les reconeüst,
Que li uns l'autre n'adesast
Ne feïst rien qui li pesast.
Por ce est Amors avuglee
6060 Et desconfite et desjuglee,
Que çaus qui tot sont suen a droit
Ne reconoist et si les voit.
Et Haïne dire ne set,
Por·quoi li uns d'aus l'autre het,
6065 Ses viaut feire mesler a tort,
Si het li uns l'autre de mort.
N'aimme pas, ce poez savoir,
L'ome qui le voudroit avoir

Honi et qui sa mort desirre.   [6061.
6070 Comant? Viaut donc Yvains ocirre
Mon seignor Gauvain, son ami?
Oïl, et il lui autresi.
Si voudroit mes sire Gauvains
Yvain ocirre de ses mains
6075 Ou feire pis que je ne di?
Nenil, ce vos jur et afi.
Li uns ne voudroit avoir fet
A l'autre ne honte ne let
Por quanque Deus a fet por home
6080 Ne por tot l'anpire de Rome.
Or ai je manti largemant;
Que l'an voit bien apertemant
Que li uns viaut anvaïr l'autre
Lance levee sor le fautre,
6085 Et li uns viaut l'autre blecier
Por lui leidir et anpirier,
Que ja de rien ne s'an feindra.
Or dites: De cui se plaindra
Cil qui des cos avra le pis
6090 Quant li uns l'autre avra conquis?
Car s'il font tant qu'il s'antrevaingnent,
Grant peor ai qu'il ne maintaingnent
Tant la bataille et la meslee
Qu'ele iert de l'une part outrec.
6095 Porra Yvains par raison dire,
Se la soe partie est pire,
Que cil li et fet let ne honte,
Qui antre ses amis le conte,
N'einz ne l'apela par son non
6100 Se ami et conpaignon non?
Ou s'il avient par avanture
Que cil li reface leidure
Ou de que que soit le sormaint,
Avra il droit se il se plaint?
6105 Nenil, qu'il ne savra de cui. —
Antresloignié se sont andui

Por ce qu'il ne s'antreconoissent.   [6099.
A l'asanbler lor lances froissent,
Qui grosses ierent et de fresne.
6110 Li uns l'autre de rien n'aresne;
Car s'il antraresnié se fussent,
Autre asanblee feite eüssent.
Ja n'eüst a lor asanblee
Feru ne lance ne espee:
6115 Antrebeisier et acoler
S'alassent einz que afoler;
Qu'il s'antrafolent et mehaingnent.
Les espees rien n'i gaaingnent
Ne li hiaume ne li escu
6120 Qui anbuignié sont et fandu,
Et des espees li tranchant
Esgrunent et vont rebouchant;
Car il se donent mout granz flaz
Des tranchanz, non mie des plaz,
6125 Et des pons redonent teus cos
Sor les naseus et sor les cos
Et sor les fronz et sor les joes
Que totes sont perses et bloes
La ou li sans quace desoz.
6130 Et les haubers ont si deroz
Et les escuz si depeciez,
N'i a celui ne soit bleciez.
Et tant se painnent et travaillent,
A po qu'alainnes ne lor faillent;
6135 Si se conbatent une chaude
Que jagonce ne esmeraude
N'ot sor lor hiaumes atachiee,
Ne soit molue et esquachiee;
Car des pons si granz cos se donent
6140 Sor les hiaumes que tuit s'estonent
Et par po qu'il ne s'escervelent.
Li oel des chiés lor estancelent;
Qu'il ont les poinz quarrez et gros
Et forz les ners et durs les os,

6145 Si se donent males groigniees   [6137.
      A ce qu'il tienent anpoigniees
      Les espees qui grant aïe
      Lor font quant il fierent a hie.
      QUANT grant piece se sont lassé
6150   Tant que li hiaume sont quassé [6142.
      Et li hauberc tot desmaillié,   *
      (Tant ont des espees maillié,)   *
      Et li escu fandu et fret: [6143.
      Un po se sont arriere tret,
6155   Si leissent reposer lor vainnes
      Et si repranent lor alainnes.
      Mes n'i font mie grant demore,
      Einz cort li uns a l'autre sore
      Plus fierement qu'einz mes nc firent.
6160   Et tuit dïent que mes ne virent
      Deus chevaliers plus corageus.
      „Ne se conbatent mie a jeus,
      Einçois le font trestot a certes.
      Les merites ne les desertes
6165   Ne lor an seront mes randues."
      Cez paroles ont antandues
      Li dui ami qui s'antrafolent,
      S'antandent que les janz parolent
      Des deus serors antracorder;
6170   Mes la pes ne pueent trover
      Devers l'einznee an nule guise.
      Et la mainsnee s'estoit mise
      Sor ce que li rois an diroit;
      Que ja rien n'an contrediroit.
6175   Mes l'einznee estoit si anrievre
      Que nes la reïne Guenievre   [6166.
      Et li chevalier et li rois   [6168.
      Et les dames et li borjois   *
      Devers la mainsnee se tienent,   [6169.
6180   Et tuit le roi proiier an vienent
      Que maugré l'einznee seror
      Doint de la terre a la menor

La tierce partie ou la quarte   [6173.
Et les deus chevaliers departe,
6185 Qui si sont de grant vasselage;
Et trop i avroit grant domage
Se li uns d'aus l'autre afoloit
Ou point de s'enor li toloit.
Et li rois dit que de la pes
6190 Ne s'antremetroit il ja mes;
Que l'einznee suer n'an a cure,
Tant par est male criature.
Totes cez paroles oïrent
Li dui qui des cos s'antranpirent
6195 Si qu'a toz vient a grant mervoille,
Que la bataille est si paroille
Que l'an ne set a nul avis
Qui a le miauz ne qui le pis.
Et nes li dui qui se conbatent,
6200 Qui par martire enor achatent,
S'esmervoillent et esbaïssent;
Que si par igal s'anvaïssent
Qu'a grant mervoille chascun vient,
Qui est cil qui si se contient
6205 Ancontre lui si fieremant.
Tant se conbatent longuemant
Que li jorz vers la nuit se tret,
Et si n'i a celui qui n'et
Les braz las et le cors doillant,
6210 Et li sanc tot chaut et boillant
Par mainz leus fors des cors lor bolent
Et par desoz les haubers colent,
Ne n'est mervoille s'il se vuelent
Reposer, car formant se duelent.
6215 Lors se reposent anbedui
Et si panse chascuns par lui
Qu'or a il son paroil trové,
Conbien que il et demoré.
Longuemant einsi se reposent;
6220 Que rasanbler as armes n'osent.

N'ont plus de la bataille cure   [6211.
Que por la nuit qui vient oscure
Que por ce que mout s'antredotent.
Cez deus choses an sus les botent
6225 Et semonent qu'an pes s'estoisent;
Mes einçois que del chanp s'an voisent
Se seront bien antracointié,
S'avra antr'aus joie et pitié.

MES sire Yvains parla einçois,
6230   Qui mout estoit preuz et cortois.
Mes au parler nel reconut
Ses buens amis; car ce li nut
Qu'il avoit la parole basse
Et la voiz roe et foible et quasse;
6235 Car toz li sans li fu meüz
Des cos qu'il avoit receüz.
„Sire", fet il, „la nuiz aproche!
Ja ne cuit blasme ne reproche
I aiiens se nuiz nos depart.
6240 Mes tant di de la moie part
Que mout vos dot et mout vos pris,
N'onques an ma vie n'anpris
Bataille don tant me dossisse,
Ne chevalier cui tant vossisse   [6234.
6245 Conoistre ne cuidai veoir.   [6237.
Bien savez voz cos aseoir
Et bien les savez anploiier.
Einz ne sot tant de cos paiier
Chevaliers que je coneüsse.
6250 Ja mon vuel tant n'an receüsse
Con vos m'an avez hui presté.
Tot m'ont vostre cop antesté."
„Par foi", fet mes sire Gauvains,
„N'estes si estordiz ne vains
6255 Que je autant ou plus ne soie.
Et se je vos reconoissoie,
Espoir ne vos greveroit rien.

Se je vos ai presté del mien,   [6250.
Bien m'an avez randu le conte
6260 Et del chatel et de la monte;
Que larges estiiez del randre
Plus que je n'estoie del prandre.
Mes comant que la chose praingne,
Quant vos plest que je vos apraingne
6265 Par quel non je sui apelez,
Ja mes nons ne vos iert celez:
Gauvains ai non, fiz le roi Lot."
Tantost con mes sire Yvains l'ot,
Si s'esbaïst et espert toz,
6270 Par mautalant et par corroz
Flatist a la terre s'espee
Qui tote estoit ansanglantee,
Et son escu tot depecié,
Si desçant del cheval a pié.
6275 „Ha, las!" fet il. „Quel mescheance!
Par trop leide mesconoissance
Ceste bataille feite avomes,
Qu'antreconeü ne nos somes;
Que ja, se je vos coneüsse,
6280 A vos conbatuz ne me fusse,
Einz me clamasse recreant
Devant le cop, ce vos creant."
„Comant?" fet mes sire Gauvains.
„Qui estes vos?" — „Je sui Yvains
6285 Qui plus vos aim que rien del monde
Tant com il dure a la reonde;
Que vos m'avez amé toz jorz
Et enoré an totes corz.
Mes je vos vuel de cest afeire
6290 Tel amande et tel enor feire
Qu'outreemant outrez m'otroi."
„Ice feriiez vos por moi?"
Fet mes sire Gauvains, li douz.
„Certes, mout seroie or estouz
6295 Se je ceste amande an prenoie.

Ja certes ceste enors n'iert moie,   [6288.
Einz iert vostre, je la vos les."
„Ha! Biaus sire, nel dites mes!
Que ce ne porroit avenir.
6300 Je ne me puis mes sostenir,
Si sui atainz et sormenez."
„Certes, de neant vos penez!"
Fet ses amis et ses conpainz.
„Mes je sui conquis et atainz,
6305 Ne je ne di rien por losange;
Qu'il n'a el monde si estrange
Cui je autretant n'an deïsse
Einçois que plus des cos sofrisse."
Einsi parlant est desçanduz,
6310 S'a li uns a l'autre tanduz
Ses braz au col, si s'antrebeisent,
Ne de ce mie ne se teisent
Que chascuns outrez ne se claint.
La tançons onques ne remaint
6315 Tant que li rois et li baron
Vienent corant tot anviron,
Ses voient antreconjoïr;
Et mout desirrent a oïr
Que ce puet estre et qui il sont
6320 Qui si grant joie s'antrefont.
„Seignor", dit li rois, „dites nos
Qui a mis si tost antre vos
Ceste amistié et ceste acorde?
Que tel haïne et tel descorde
6325 I a hui tote jor eüe!"
„Sire, ne vos iert pas teüe",
Fet mes sire Gauvains, ses niés,
„La mescheance et li meschiés
Don ceste bataille a esté.
6330 Des que ci estes aresté
Por l'oïr et por le savoir,
Bien iert qui vos an dira voir.
Je Gauvains, qui vostre niés sui,

Mon conpaignon ne reconui,   [6326.
6335 Mon seignor Yvain qui est ci,
      Tant que il, la soe merci,
      Si con Deu plot, mon non anquist.
      Li uns a l'autre son non dist,
      Lors si nos antreconeümes
6340 Quant bien antrebatu nos fumes.
      Bien nos somes antrebatu:
      Se nos nos fussiens conbatu
      Ancore un po plus longuemant,
      Il m'an alast mout malemant.
6345 Car par mon chief, il m'eüst mort
      Par sa proesce et par le tort
      Celi qui m'avoit an chanp mis.
      Mes or vuel miauz que mes amis
      M'et outré d'armes que tüé".
6350 Lors a trestot le sanc müé
      Mes sire Yvains et si li dit:
      „Biaus sire chiers, se Deus m'aït,
      Trop avez grant tort de ce dire.
      Mes bien sache li rois, mes sire,
6355 Que je sui de ceste bataille
      Outrez et recreanz sanz faille!"
      „Mes gié" — „Mes gié", fet cil et cil.
      Tant sont andui franc et jantil
      Que la victoire et la corone
6360 Li uns a l'autre otroie et done,
      Ne cil ne cil ne la viaut prandre;
      Einz fet chascuns par force antandre
      Au roi et a totes les janz
      Qu'il est vaincuz et recreanz.
6365 Mes li rois la tançon depiece
      Quant les ot oïz une piece;
      Car li oïrs mout li seoit
      Et ce avuec que il veoit
      Qu'il s'estoient antracolé,
6370 S'avoit li uns l'autre afolé
      Et meheignié an plusors leus.

„Seignor", fet il, „antre vos deus   [6364.
A grant amor! Bien le mostrez
Quant chascuns dit qu'il est outrez.
6375 Mes or vos an metez sor moi!
Et je l'atornerai, ce croi,
Si bien qu'a enor vos sera
Et toz siegles m'an loera."
Lors ont andui acreanté
6380 Qu'il an feront sa volanté
Tot einsi com il le dira.
Et li rois dit qu'il partira
A bien et a foi la querele.
„Ou est", fet il, „la dameisele
6385 Qui sa seror a fors botee
De sa terre et deseritee
Par force et par male merci?"
„Sire", fet ele, „je sui ci".
„La estes vos? Venez donc ça!
6390 Bien le savoie grant pieç'a
Que vos la deseritiiez.
Ses droiz ne sera mes noiiez,
Que coneü m'avez le voir.
Sa partie par estovoir
6395 Vos covient tote clamer quite."
„Sire", fet ele, „se j'ai dite
Une parole nice et fole,
Ne me devez prandre a parole.
Por Deu, sire, ne me grevez!
6400 Vos estes rois, si vos devez
De tort garder et de mesprandre".
„Por ce", fet li rois, „vuel je randre
A vostre seror sa droiture,
Que je n'oi onques de tort cure.
6405 Et vos avez bien antandu
Qu'an ma merci se sont randu
Vostre chevaliers et li suens.
Je ne dirai pas toz voz buens;
Car vostre torz est coneüz.

6410 Chascuns dit qu'il est chanpcheüz,   [6402.
      Tant viaut li uns l'autre enorer.
      A ce n'ai je que demorer:
      Des que la chose est sor moi mise,
      Ou vos feroiz a ma devise
6415 Tot quanque je deviserai
      Sanz feire tort, ou je dirai
      Que mes niés est d'armes conquis.
      Lors si vaudra a vostre oés pis;
      Mes jel dirai contre mon cuer".
6420 Si nel deïst il a nul fuer;
      Mes il le dist por essaiier
      S'il la porroit tant esmaiier
      Qu'ele randist a sa seror
      Son heritage par peor;
6425 Qu'il s'est aparceüz mout bien
      Que ele ne l'an randist rien
      Por rien que dire li seüst
      Se force ou crieme n'i eüst.
      Por ce qu'ele le dote et crient
6430 Li dit: „Biaus sire, or me covient
      Que je face vostre talant,
      Mes mout an ai le cuer dolant.
      Et jel ferai que qu'il me griet,
      S'avra ma suer ce qui li siet.
6435 De sa part de mon heritage
      Li doing vos meïsme an ostage
      Por ce que plus seüre an soit."
      „Revestez l'an tot or androit!"
      Fet li rois, „et ele an devaingne
6440 Vostre fame et de vos la taingne!
      Si l'amez come vostre fame
      Et ele vos come sa dame
      Et come sa seror germainne!"
      Einsi li rois la chose mainne
6445 Tant que de sa terre est seisie
      La pucele, si l'an mercie.
      Et li rois dit a son neveu,

Au chevalier vaillant et preu,   [6440.
Que ses armes oster se lest,
6450 Et mes sire Yvains, se lui plest,
Se relest les soes tolir;
Car bien s'an pueent mes sofrir.
Lors se desarment li vassal,
Si se departent par igal;
6455 Et que que il se desarmoient,
Le lion corant venir voient,
Qui son seignor querant aloit.
Tot maintenant que il le voit,
Si comance grant joie a feire.
6460 Lors veïssiez janz arriers treire:
Trestoz li plus hardiz s'an fuit.
„Estez", fet mes sire Yvains, „tuit!
Por quoi fuiiez? Nus ne vos chace.
Ne dotez ja que mal vos face
6465 Li lions que venir veez!
De ce, s'il vos plest, me creez
Qu'il est a moi et gié a lui,
Si somes conpaignon andui."
Lors sorent trestuit cil de voir,
6470 Qui orent oï mantevoir
Les avantures au lion,
De lui et de son conpaignon,
Qu'onques ne fu autre que cist
Qui le felon jaiant ocist.
6475 Et mes sire Gauvains li dit:
„Sire conpainz, se Deus m'aït,
Mout m'avez hui avileni!
Mauveisemant vos ai meri
Le servise que me feïstes
6480 Del jaiant que vos oceïstes
Por mes neveuz et por ma niece.
A vos ai je pansé grant piece,   [6474.
Et por ce estoie angoisseus   *
Que l'an disoit qu'antre nos deus   *
6485 Avoit amor et acointance.   *

Mout i ai pansé sanz dotance;
Mes apanser ne me savoie,   [6475.
N'onques oï parler n'avoie
De chevalier que je seüsse
6490 An terre, ou je esté eüsse,
Que li Chevaliers au Lion
Fust nus apelez an son non."
Desarmé sont einsi parlant,
Et li lions ne vint pas lant
6495 Vers son seignor la ou il sist.
Quant devant lui fu, si li fist
Grant joie come beste mue.
An anfermerie et an mue
Les an covient andeus mener;
6500 Car a lor plaies resener
Ont mestier de mire et d'antret.
Devant lui mener les an fet
Li rois qui mout chiers les avoit.
Un cirurgiien qui savoit
6505 De cirurgie plus que nus
Lor fet mander li rois Artus.
Et cil del garir se pena
Tant que lor plaies resena
Au miauz et au plus tost qu'il pot.
6510 Quant anbedeus gariz les ot,
Mes sire Yvains qui sanz retor
Avoit son cuer mis an amor
Vit bien que durer ne porroit,
Mes par amor an fin morroit
6515 Se sa dame n'avoit merci
De lui; qu'il se moroit por li;
Et pansa qu'il se partiroit
Toz seus de cort et si iroit
A la fontainne guerroiier
6520 Et s'i feroit tant foudroiier
Et tant vanter et tant plovoir
Que par force et par estovoir
Li covandroit a feire pes,

Ou il ne fineroit ja mes   [6512.
6525 De la fontainne tormanter
Et de plovoir et de vanter.
MAINTENANT que mes sire Yvains
Santi qu'il fu gariz et sains,
Si s'an parti que nus nel sot;
6530 Mes avuec lui son lion ot,
Qui onques an tote sa vie
Ne vost leissier sa conpaignie.
Puis errerent tant que il virent
La fontainne et plovoir i firent.
6535 Ne cuidiez pas que je vos mante,
Que si fu fiere la tormante
Que nus n'an conteroit la disme;
Qu'il sanbloit que jusqu'an abisme
Deüst fondre la forez tote!
6540 La dame de son chastel dote
Que il ne fonde toz ansanble;
Li mur crollent et la torz tranble
Si que por po qu'ele ne verse.
Miauz vossist estre pris an Perse
6545 Li plus hardiz antre les Turs,
Qu'il fust leanz antre les murs.
Tel peor ont que il maudïent
Lor ancessors et trestuit dïent:
„Maleoiz soit li premiers hon
6550 Qui fist an cest païs meison,
Et cil qui cest chastel fonderent!
Qu'an tot le monde ne troverent
Leu que l'an deüst tant haïr;
Qu'uns seus hon nos puet anvaïr
6555 Et tormanter et traveillier.“
„De ceste chose conseillier
Vos covient, dame!“ fet Lunete.
„Ne troveroiz qui s'antremete
De vos eidier a cest besoing
6560 Se l'an nel va querre mout loing.
Ja mes voir ne reposerons

An cest chastel ne n'oserons̄   [6550.
Les murs ne la porte passer.
Qui avroit toz fez amasser
6565 Voz chevaliers por cest afeire,
Ne s'an oseroit avant treire
Toz li miaudres, bien le savez.
S'est or einsi que vos n'avez
Qui defande vostre fontainne,
6570 Si sanbleroiz fole et vilainne.
Mout bele enor i avroiz ja
Quant sanz bataille s'an ira
Cil qui si vos a asaillie.
Certes, vos estes maubaillie
6575 S'autremant de vos ne pansez."
„Tu", fet la dame, „qui tant sez,
Me di comant j'an panserai
Et je a ton los an ferai."
„Dame, certes, se je savoie,
6580 Volantiers vos conseilleroie;
Mes vos avriiez grant mestier
De plus resnable conseillier.
Por ce si ne m'an os mesler
Et le plovoir et le vanter
6585 Avuec les autres sofferrai
Tant, se Deu plest, que je verrai
An vostre cort aucun prodome
Qui prandra le fes et la some
De ceste bataille sor lui;
6590 Mes je ne cuit que ce soit hui,
Si vaudra mout pis a vostre oes."
Et la dame li respont lués:
„Dameisele, car parlez d'el!
Leissiez la jant de mon ostel,
6595 Qu'an aus n'ai je nule atandue
Que ja par aus soit defandue
La fontainne ne li perrons.
Mes, se Deu plest, or i verrons
Vostre consoil et vostre san;

6600 Car au besoing, toz jorz dit l'an,   [6588.
Doit an son ami esprover."
„Dame, qui cuideroit trover
Celui qui le jaiant ocist
Et les trois chevaliers conquist,
6605 Il le feroit buen aler querre;
Mes tant com il avra la guerre
Et l'ire et le mal cuer sa dame,
N'a il el monde home ne fame
Cui il siuist, mien esciant,
6610 Jus que il li jurt et fiant
Qu'il fera tote sa puissance
De racorder la mesestance
Que sa dame a si grant a lui
Qu'il' an muert de duel et d'enui."
6615 Et la dame dit: „Je sui preste
Einz que vos antroiz an la queste,
Que je vos plevisse ma foi,
Et jurerai, s'il vient a moi,
Que je sanz guile et sanz feintise
6620 Li ferai tot a sa devise
Sa pes se je feire la puis."
Et Lunete li redit puis:
„Dame, de ce ne dotez rien
Que vos ne li puissiez mout bien
6625 Sa pes feire se il vos siet;
Mes del seiremant ne vos griet,
Que je le prandrai tote voie
Einz que je me mete a la voie."
„Ce", fet la dame, „ne me poise."
6630 Lunete qui mout fu cortoise
Li fist tot maintenant fors treire
Un mout precïeus santueire
Et la dame a genouz s'est mise.
Au jeu de verité l'a prise
6635 Lunete mout cortoisemant.
A l'eschevir del seiremant
Rien de son preu n'i oblia

Cele qui eschevi li a.   [6626.
„Dame“, fet el, „hauciez la main!
6640 Mes ne voel pas qu'aprés demain
M'an metoiz sus ne ce ne quoi;
Que vos n'an feites rien por moi.
Por vos meïsmes le feroiz!
Se il vos plest, si jureroiz
6645 Por le Chevalier au Lion
Que vos an buene antancion
Vos peneroiz tant qu'il savra
Que le buen gre sa dame avra
Tot aussi bien com il l'ot onques.“
6650 La main destre leva adonques
La dame et dist: „Trestot einsi
Con tu l'as dit, et je t'otri,
Einsi m'aït Deus et li sainz,
Que ja mes cuers ne sera fainz
6655 Que je tot mon pooir n'an face.
L'amor li randrai et la grace
Que il siaut a sa dame avoir,
Se je an ai force et pooir.“
O R a bien Lunete esploitié;
6660 De rien n'avoit tel coveitié
Con de ce que ele avoit fet.
Et l'an li avoit ja fors tret
Un palefroi soef anblant.
A bele chiere, a lié sanblant
6665 Monte Lunete, si s'an va
Tant que desoz le pin trova
Celui qu'ele ne cuidoit pas
Trover a si petit de pas;
Einz cuidoit qu'il li covenist
6670 Mout querre einz qu'a lui parvenist.
Par le lion l'a coneü
Tantost com ele l'a veü,
Si vient a lui grant aleüre
Et desçant a la terre dure.
6675 Et mes sire Yvains la conut

De si loing com il l'aparçut,   [6664.
Si la salue et ele lui
Et dit: „Sire, mout liee sui
Quant je vos ai trové si pres.“
6680   Et mes sire Yvains dit aprés:
„Comant? Queriiez me vos donques?“
„Oïl voir, et si ne fui onques
Si liee des que je fui nee;
Que j'ai ma dame a ce menee,
6685   S'ele parjurer ne se viaut,   [6674.
Que tot aussi com ele siaut   [6673.
Iert vostre dame et vos ses sire;
Par verité le vos os dire.“
Mes sire Yvains formant s'esjot
6690   De la novele que il ot,
Qu'il ne cuidoit ja mes oïr.
Ne pot mie assez conjoïr
Celi qui ce li a porquis.
Les iauz li beise et puis le vis
6695   Et dit: „Certes, ma douce amie,
Ce ne vos porroie je mie
Guerredoner an nule guise.
A vos feire enor et servise
Criem que pooirs et tans me faille.“
6700   „Sire“, fet ele, „ne vos chaille,
Ne ja n'an soiiez an espans!
Qu'assez avroiz pooir et tans
A bien feire moi et autrui.
Se je ai fet ce que je dui,
6705   Si m'an doit an tel gre savoir
Con celui qui autrui avoir
Anprunte et puis si li repaie.
Ancor ne cuit que je vos aie
Randu ce que je vos devoie.“
6710   „Si avez fet, se Deus me voie,
A plus de cinc çanz mile droiz.
Or an irons quant vos voudroiz.
Mes avez li vos dit de moi

Qui je sui?" — „Nenil, par ma foi! [6702.
6715 Ne ne set comant avez non
Se Chevaliers au Lion non."
EINSI parlant s'an vont adés
Et li lions toz jorz aprés
Tant qu'au chastel vindrent tuit troi.
6720 Einz ne dirent ne ce ne quoi
El chastel n'a home ne fame
Tant qu'il vindrent devant la dame.
Et la dame mout s'esjoï
Tantost con la novele oï
6725 De la pucele qui venoit,
Et de ce que ele amenoit
Le lion et le chevalier
Qu'ele voloit mout acointier
Et mout conoistre et mout veoir.
6730 A ses piez s'est leissiez cheoir
Mes sire Yvains trestoz armez,
Et Lunete qui fu delez
Li dit: „Dame, relevez l'an
Et metez force et painne et san
6735 A la pes querre et au pardon
Que nus ne li puet se vos non
An tot le monde porchacier!"
Lors le fet la dame drecier
Et dit: „Mes pooirs est toz suens!
6740 Ses volantez feire et ses buens
Voudroie mout que je poïsse."
„Certes, dame, ja nel deïsse",
Fet Lunete, „se ne fust voirs.
Toz an est vostre li pooirs
6745 Assez plus que dit ne vos ai;
Mes des or mes vos an dirai
La verité, si la savroiz:
Einz n'eüstes ne ja n'avroiz
Si buen ami come cestui.
6750 Deus qui viaut qu'antre vos et lui
Et buene pes et buene amor

Tel qui ja ne faille a nul jor   [6740.
Le m'a hui fet si pres trover.
Ja a la verité prover
6755 Ne covient autre reison dire:
Dame, or li pardonez vostre ire!
Car il n'a dame autre que vos.
C'est mes sire Yvains, vostre espos."
A cest mot la dame tresaut
6760 Et dit: „Se Damedeus me saut,
Bien m'avez au hoquerel prise!
Celui qui ne m'aimme ne prise
Me feras amer maugré mien.
Or as tu esploitié mout bien,
6765 Or m'as tu mout a gre servie!
Miauz vossisse tote ma vie
Vanz et orages andurer!
Et se ne fust de parjurer
Trop leide chose et trop vilainne,
6770 Ja mes a moi por nule painne
Pes ne acorde ne trovast.
Toz jorz mes el cors me covast
Si con li feus cove an la çandre,
Ce don je ne vuel or reprandre
6775 Ne ne me chaut del recorder
Puis qu'a lui m'estuet acorder."
Mes sire Yvains ot et antant
Que ses afeires bien li prant,
Qu'il avra sa pes et s'acorde,
6780 Et dit: „Dame, misericorde
Doit an de pecheor avoir.
Conparé ai mon fol savoir
Et je le dui bien conparer.
Folie me fist demorer,
6785 Si m'an rant coupable et forfet.
Et mout grant hardemant ai fet
Quant devant vos osai venir;
Mes s'or me volez retenir,
Ja mes ne vos mesferai rien."

6790 „Certes", fet ele, „je vuel bien   [6778.
Por ce que parjure seroie
Se tot mon pooir n'an feisoie
De pes feire antre vos et moi.
S'il vos plest, je la vos otroi."
6795 „Dame", fet il, „cinc çanz merciz!
Einsi m'aït sainz Esperiz,
Que Deus an cest siegle mortel
Ne me porroit lié feire d'el!"
O R a mes sire Yvains sa pes,
6800   Si poez croire qu'onques mes
Ne fu de rien nule si liez,
Comant qu'il et esté iriez.
Mout an est a buen chief venuz;
Qu'il est amez et chier tenuz
6805 De sa dame et ele de lui.
Ne li sovient de nul enui,
Que par la joie les oblie,
Qu'il a de sa tres douce amie.
Et Lunete rest mout a eise;
6810 Ne li faut chose qui li pleise
Des qu'ele a feite pes sanz fin
De mon seignor Yvain, le fin,
Et de s'amie chiere et fine.
D EL CHEVALIER AU LION fine
6815   CRESTIIENS son romanz einsi;
Qu'onques plus conter n'an oï
Ne ja plus n'an orroiz conter
S'an n'i viaut mançonge ajoster.

Namenverzeichnis.

Abel *Kains Bruder* 1814.
Alemaingne *Deutschland* 5482.
Alier *Graf* 2939. 3143.
Argone *Argonner-WaldinNord-frankreich* 3228.
Artus, *Akk.* Artu *König von Brit-tannien* 1. 1616. 1829. 2332.
2694. 3693. 3907. 4715. 5843.
6506.

Bretaingne *Brittannien* 1. 2329.
2546.
Breton *Britte* 37.
Broceliande *Wald in Armo-rika bei Barenton in der Nähe von Ploërmel* 189. 697.

Calogrenant *Artusritter* 57. 67.
71. 106. 131. 658. 784.
Carduel *eine der Residenzstädte des Königs Artus, bis jetzt nicht indentificiert* 7.
Cestre *Chestre, Stadt in Eng-land* 2680.
Chevalier au Lion *Löwenritter, Beiname Yvains* 4291. 4613.
4750. 4818. 5920. 6491. 6645.
6716. 6814.
Crestiien *Kristian von Troyes* 6815.

Dodinel *Artusritter* 54.
Durandart *Schwert Rolands* 3235.

Esclados le Ros *Ritter* 1970.
Espaingne *Spanien* 2330. 3237.

Forré *Heidenkönig von Noples* 597.

Gales *Wales* 7.
Gauvain *Artusritter, Neffe des Königs Artus* 55. 687. 2208.
2286. 2381. 2403. 2418. 2431.
2485. 2539. 2669. 2674. 2717.
3625. 3698. 3713. 3915. 3931.
3982. 4045. 4085. 4276. 4730.
4753. 4767. 5853. 5873. 6005.
6071. 6073. 6253. 6267. 6283.
6293. 6327. 6333. 6475.
Guenievre *Gemahlin des Kö-nigs Artus* 6176.

Harpin de la Montaingne *Riese* 3857.

Jehan Batiste *Johann der Täu-fer* 669. Jehan 2750.
Isle as Puceles *Edinburg* 5257.

Ke, Keu *Artusritter, Seneschal des Königs Artus* 69. 86. 93.
113. 125. 133. 591. 613. 633.
684. 895. 1348. 2178. 2207.
2209. 2215. 2228. 2236. 2245.
2256. 2280. 3710. 3923.

Lancelot *Artusritter* 4744.
Landuc *Ort* 2151.
Laudine *Yvains Frau, Witwe des Esclados des Roten* 2151.
Laudunet *Vater Laudinens* 2153.

Lot *König, Vater Gauvains*
6267.
Lunete *Zofe Laudinens* 2414.
2415. 4389. 4576. 4637. 4966.
4980. 5008. 6557. 6622. 6659.
6665. 6743. 6809.

Marie *die heilige Marie* 2487.
Meleagant *Sohn des Königs
Bademagus im Karrenroman*
4742.
Morgue *Fee* 2953.

Noradin *Sultan Nureddin Mah-
mud 1146—1173*. 596.
Noroison *Ort* 3287.
Noire Espine *Ort* 4705.

Osteriche *Österreich* 1042.

Perse *Persien* 6544.
Pesme Avanture *Schloſs von*
5109.

Rolant *Karl des Groſsen Neffe*
3236.
Rome *Rom* 2064. 6080.
Roncevaus *Stelle der bekannten
Schlacht zwischen Karl des
Groſsen Nachhut und den
Basken*. 3237.

Sagremor *Artusritter* 54.
Sainne *Seinefluſs* 5981.

Tarse *Tarsus* 4077.
Turc *Türke* 3236. 6545.

Uriien *König, Vater Yvains*
1018. 1818. 2122. 3631.
Uterpendragon *Vater des Königs
Artus* 663.

Yvain *Artusritter, der Ritter
mit dem Löwen* 56. 581. 601.
631. 678. 723. 747. 760. 791.
863. 880. 934. 949. 961. 976.
993. 1019. 1038. 1107. 1173.
1193. 1260. 1287. 1303. 1375.
1416. 1507. 1511. 1548. 1728.
1815. 1880. 1898. 1944. 1951.
1972. 2051. 2056. 2060. 2073.
2127. 2149. 2164. 2210. 2223.
2241. 2254. 2259. 2269. 2279.
2310. 2314. 2427. 2452. 2471.
2483. 2559. 2579. 2614. 2625.
2639. 2673. 2683. 2695. 2718.
2742. 2746. 2774. 2906. 2921.
3107. 3132. 3152. 3163. 3193.
3272. 3281. 3302. 3316. 3341.
3353. 3362. 3402. 3493. 3526.
3626. 3751. 3770. 3785. 3830.
3899. 3940. 4135. 4194. 4201.
4206. 4234. 4236. 4262. 4326.
4386. 4549. 4561. 4989. 5011.
5128. 5137. 5188. 5213. 5339.
5360. 5399. 5453. 5457. 5548.
5614. 5626. 5649. 5771. 5810.
6007. 6070. 6095. 6229. 6335.
6351. 6450. 6462. 6511. 6527.
6675. 6680. 6689. 6731. 6758.
6777. 6799. 6812.

Glossar.

achoisoner *zur Last legen, vorwerfen* 1915.

acoillir *refl. in* a la voie *aufbrechen* 3416.

acointe *m. Bekannte* 4826.

acorsé *schnell* 3523.

acoter *refl. sich auf den Ellenbogen stützen* 5368.

afiter *beleidigen* 1351.

afiteus *herausfordernd, beleidigend* 70.

afot 3 *Ps. Konj. von* afoler *übel zurichten* 3793.

alé *verloren* 3118.

alerion *m. Adlerart* 487.

ametre *(eine Schuld) J. auflegen, zur Last legen* 3675. 4324.

anbaussemer embaussemer *einbalsamieren* 2628.

anbriconer embriconer *betören* 3923.

anbrunchier embrunchier *refl. sich neigen, das Haupt senken* 5207.

anbuignier embuignier *eindrücken, einschlagen* 842. 5582. 6120.

ancroistre encroistre à q. *verdrie[s]en, lästig sein.* 2782.

anfermerie enfermerie, *f. Krankenstube* 6498.

anhatine aatine, *f. Streit, Herausforderung* 132. *Wetteifer* 4255.

anpoint 3. *Ps. Konj. v.* empoignier 1030.

anrievre, enrievre *halsstarrig, störrisch* 6175.

antaschier, entaschier *übernehmen* 3174.

antasser, entasser *verfolgen* 3217.

antester, entester *J. auf den Kopf hauen* 6252.

antreprandre, entreprendre *übergehen, auslassen* 2300.

antret, entrait *m. Wundpflaster* 5000.

aorsé *(bärenartig) wild* 3524.

apointier, *die Spitze eines Gegenstandes hinrichten auf E.* 3499.

apondre *ref. sich anschicken* 105.

arbaleste *f. Art Mausfalle* 914.

archal *m. Messing* 5517.

arçon *m. Bogen* 2820.

aree *f. Ackerfeld* 2807.

asproier *hart bedrängen* 4244.

assane 3. *Ps. von* asener *hinrichten abs. sich wenden* 4880.

ataindre à q. *ebenbürtig sein* 1803, *sich gexiemen* 4808.

ataint *überwunden* 6301. 6304.

atret, atrait *m. freundlicher Empfang* 2457.

baille *m. Palissadenbefestigung* 195.

barbacane *f. Vorwerk* 4879.

barbelé *gefiedert* 2817.

bataille *pl.tantum f.Zinnen* 3198.

batant *eilig* 4090.

baus *Nom.*, *f.* baube (balbus) *stammelnd* 2080.

borde *f. Hütte* 3781.

bọt *m. Wasserkröte* 4103.

bọt *oder* bọz *f. Faſs* (?) 425.

braon *m.* (brado *Schinken bei Georges) Hinterbacke, fleischiger Teil der Hinterkeule* 4226.

bresche *f. Honigwabe* 1356.

bretesche *f. hölzernes Vorwerk* 191.

brunchier *niederdrücken, senken machen* 4217.

bu *m. Rumpf* 4240. 5657.

celé, cielé *gestirnt* 964.

cercele *f. Kriekente* 3195.

ceu = çọu *dies* 1403.

chaupcheü *im Gottesurteil unterlegen, schuldig* 6410·

charbonee *f. Rippenstück zum Rostbraten* 4215.

chas *m. gewölbter Rundsal im Erdgeschoſs* 6033.

chaude *in se* conbatre une c. *hitzig auf einander loshämmern* 6135.

cisemus *althd.* zisemûs *Ziesel* 1115.

clamor *f. Reklamationsproxeſs* 2764.

çoche *f. Baumstumpf* 292.

coche *f. Kerbe auf dem Bogen in* estre 6041 en c., *auf dem Sprung, xur That bereit sein (Tobler) oder, Jemand auf dem Nacken sitzen.*

colon *m. Taube* 2582.

conduit *m. Geleit;* prandre qc. en c. *verbürgen* 1858.

confesse *f. Beichte, in* prandre male c. *eine schlimme oder schwere Absolution in der Beichte bekommen, einen scharfen Verweis erhalten* 1338.

conjoïr *J. freudig begrüſsen* 2389. 2391.

consirrer *entbehren, entsagen* 3119.

çopor *straucheln, stolpern* 3097.

corere, *Akk.* coreor *m. Plünderer* 3149.

corjon *m. Riemen,* in ploier le c. *ein den Schluſs bezeichnendes Zusammenlegen eines Riemens, mit dem die Dingstätte gehegt war, s. bei Holland* [8] 5908); *besser Gaspary ZfrP. XIII,* 307: *List anwenden, betrügen, sich durchschwindeln* 5916.

cornellier *m. Kornelkirschenbaum* 5515.

cost 3. *Ps. Ind. von* cosdre *nähen* 5423.

couche *f. Lager* 4657.

coveitié *f. Begier* 1536. 2294. 6660.

creante *m. Versprechen* 3304. 5763.

crester *refl. die Haare sträuben* 4219. 5531.

crieme *f. Furcht* 6428.

croie *f. (pulverisierte) Kreide im frischen Pelxwerk* 1885.

dangier *m. Herrschaft* 1442; avoir a grant d. *in groſser Kargheit haben, groſsen Mangel haben* 5304.

degrocier *refl. knurren, murren* 5141.

deliié *zart* 2979.

demincier *xerstückeln* 3381.

desclore *öffnen; abs. aufgehn* 3502; *Part.* desclos *ungepanzert* 4208 .

desjugler *zum Narren halten* 1078. 6060.

desnoer *auseinandersetxen* 3912.

despitier *verachten* 4140.

devouter, devoutrer *wälxen* 4536.

doiz *f. Kanal* 165.
droiturier *Recht sprechen, vor Gericht verhandeln* 5915.

e *in* e non deu == en *in* 1811.
enborrer, emborrer *vollstopfen* 598.
escamonie *f. bittere Pflanze* (Scammonia) 616.
escheoir *J. den Eid abnehmen* 6636. 6638.
esfrois *m. Gekrache* 4246.
esgruner *zerbröckeln, schartig werden* 6122.
espaart? *(Synonym von ,wild')* 280.
espan *m. Spanne* 298.
espans *m. in* estre en espens *eifrig bedacht sein* 1581. 3482. 6701.
espart *m. Blitz* 442.
espartir *blitzen* 403.
esperdre *bestürzt werden* 6269.
espiaut 3. *Präs. Ind. von* espelre *bedeuten* 4616.
essoine *m. rechtlicher Verhinderungsgrund* 5721. essoine de cors *Leibesnot* 2594.
estanchier *müde werden* 3265; *gehemmt werden, versiegen* 1466.
estordre, *Part.* estors *herausdrehen refl. sich entwinden* 4227.
estoutoiier *durch Hiebe zusetzen* 4553.
estrangier *entfernen; refl. sich entfernen, abwenden, verlassen* 3554.

faeison, faaison *f. Schicksal, Bestimmung* 3594.
faunoier *betrügen* 2731.
fer, *fem.* fermo *verschlossen* 4664. *(Bildung eines Adj. aus dem Ztw., nicht, wie Tobler zu dieser Stelle bei Holland meint „adj. im Sinne des Part."* Es wäre der ein-

zige *Fall gegenüber der beträchtlichen Zahl der übrigen sicheren Verbalfälle und wird schon widerlegt durch das von mir zu dieser Stelle beigebrachte* desfer *von* desfermer, *da es ein Adj.* desfer *nicht geben kann.*
ferron *m. Schmied* 713.
feü *verschieden, tot* 5672.
fiant 3 *Ps. Kj. von* fiancier 6610.
flat *m. Schlag* 6123.
flatir *schlagen* 6271.
fondelmant *gründlich* 2221.
fouchiere *Farn* 4656.
fraint *m. Getöse* 481.
franchise *f. Botmäfsigkeit* 1984.
frestele *f. Blasinstrument* 2352.

galois, *f.* galesche *wälsch* 192.
garlandesche *f. Diadem* 2362.
gaudine *f. Wald* 3342.
gaut *m. Wald* 3343.
groigniee *f. Schlag auf die Schnauze* 6145.

harigot *m. Lappen, Fetzen* 5428.
harigoter *in Stücke schneiden, zerfetzen* 831.
have *geschlagen (eine Art Matt im Schachspiel)* 2576.
hira *m. Herold* 2204.
hoquerel *m. in* prendre q. au h. *überlisten, in einer Schlinge fangen* 6761.

jaelise *f. Hurerei* 4117.
jame, jambe *f. Bein* 5521.
jangle *f. müssiges Geschwätz* 1128. 2722.
janglere, *Akk.* jangleor *m. Schwätzer* 2720.

irestre, 3 *Ps. Kj.* ireisse *zürnen* 5007.

lite *f. Wahl* o. *Wetteifer* (?) 2738.
lone *gemäfs, nach* 3725.

malot *m. Hummel* 117.

mangonel *m. Wurfmaschine* 3777.

marchier *tr. betreten* 942.

masse *f. Menge;* a m. *zusammen* 2664.

memoire *m. Bewufstsein* 3019.

menoiier *mit der Hand berühren* 2990.

mesaesmer *mifsachten* 1684. 1740.

meschié *dochtartig, büschlig* 297.

niaus *Nom. v.* miel *m. Honig* 4074.

merir 3 *Ps. Kj.* mire *lohnen* 5175. 6478.

mois *m. Monat in* des mois *monatelang, (neg.) nie* 2276.

monte *f. in* chatel et m. ,*Kapital und Zinsen'* 6260.

monter *in* m. à q. *abs. sich schicken* 1670.

mor *m. Mohr* 288.

morir *sterben; tr. (nur im Tempus Kompositum) töten* 2792.

netun (neptunus), *durch Volksetym.* nuitun, nuiton *m. überirdisches boshaftes Wesen, Kobold* 5273. 5513.

noal *in* torner à noauz *schlimmer werden* 4422.

noçoiier *heiraten* 3319.

ole *f. Topf* 3368.

ongier *häufig besuchen* 2504.

ort *f.* orde *schmutzig, scheufslich* 3873. 4097.

paindre *(auf dem Kerbholz o. der Wand ver-)zeichnen* 2754.

panel *m. Seitenkissen unter dem Sattelbogen* 598.

parçoivre, parcevoir *wahrnehmen* 3432.

peonaz *pfauartig, dunkelviolett* 233.

perriere *f. Wurfmaschine für Steine* 3777.

pin *m. Fichte* 414. 460. 808.

ploige *m. Pfand, Bürge* 3307. 3308. 5757.

ploton *Baumklotz (Cornu =* polotou *Knäuel)* 5635.

poeilleus *lausig* 4122.

portaindre *bemalen, beflecken* 3214.

pout *m. Mufs* 2853.

prone, prosne *m. erhöhter Platz in der Kirche, Kanxel oder Thron* 629.

quacier *gerinnen* 6129.

quamois *m. das untere mit Leder überzogene Ende des Lanzenschaftes* 2249.

re *f. Scheiterhaufen* 4320. 4570. 4983.

reant *Pt. Ps. von* rere 950.

rebouchier *stumpf machen* 6122.

reclus *m. Klause, Gefängnis* 3647.

redois *(nicht* redoit *wie Godefroy) eig. vom Pferd, dessen Rückgrat in der hinteren Hälfte gebrochen ist* 4101.

reposer *refl. abschlagen, ablehnen* 5094.

resortir *wieder herausbringen; refl. u. abs. sich zurückziehen* 3686.

respasser *heilen, genesen machen* 4587.

reverchier *umwühlen, suchen* 1187. 1265. 1379.

reüser *zurückstofsen, refl. u. abs. zurückweichen, sich drücken, entxiehen* 3686. 5496.

ro *heiser, rauh* 6234.

roi *m. (it.* redo) *Ordnung;* savoir son r. *wissen was man xu thun hat, geschickt sein* 546.

roillier *prügeln* 4204.
ruiier *st.* ruër *werfen* 4327.
ruiste *steil* 3275.

sauf, *Nom.* saus, *wohlbehalten,*
wohlversorgt 5483.
savoir *schmecken* 2853.
seigniere *f. Art Stoff* 1892.
serre *f. Schlofs (eines Schrankes)*
4633.
ses *Nom. zu* see *trocken* 2851.
siegle *'m. Welt, Erlebnisse,*
Schicksal 1549. *Unterhal-*
tung, Umgang 2801.
sofrir *ref. sich enthalten, ver-*
zichten 5508, *entbehren* 6452.
some *f. Last, Bürde* 6588.
sordire *beschuldigen* 4434.
sotainemant *plötzlich* 3179.
sovin *auf dem Rücken liegend*
4256.

tai, *Nom.* tos *m. Sumpf, Koth*
4849. 5038.
tandron *m. weicher Teil (Knor-*
pel) des Körpers 4529.
tel *mancher;* teus i ot *substan-*
tivisch 2261.

tes = tais *s.* tai.
texte *m. Mefs- oder Evange-*
lienbuch 1169.
tooil, *Nom.* toauz *m. Lache,*
Gemetzel, Gedränge 1179.
1189.
tooillier *sich in einer Lache wül-*
zen 4535.
torchepot *m. Scheur' mir den*
Topf! = Küchenjunge 4123.
tormante *f. Sturm* 775.
tornebocle *f. Purzelbaum* 2256.
travers *in* en t. *völlig, durch*
und durch 1347.
tret = trait *m. in* à tret *ge-*
mächlich 472.
triege *m.* 1101. *Wildfärte.*
truand *m. Landstreicher, Hal-*
lunke 5616.

van *m. Getreideschwinge in*
metre q. en un van 2206.
veziié *schlau* 2417.
voille *f.* (vigilia) 2171.
voir *in* aler parmi lo voir *die*
Wahrheit offen heraussagen-
526. 1703.
vout *m. Gesicht* 5520.

Druckfehler.

S. 11, Z. 374 lies *pres troveras.*
„ 11, „ 391 *je* vor *ne.*
„ 15, „ 558 *jus* nach *toles.*
„ 119, „ 4507 l. *avuec.*

Halle a. S., Buchdruckerei des Waisenhauses.

www.ingramcontent.com/pod-product-compliance
Lightning Source LLC
Chambersburg PA
CBHW020615030726
47497CB00007B/2247